WITCH WATCH

11

DUET DANCE

KENTA
SHINOHARA

OTOGI MORIHITO
Joven fuerte, de carácter serio y frío que desciende de los demonios. Desde que Nico ha vuelto, no para de lidiar con todo tipo de problemas. Son amigos de la infancia y ella le llama "Moi".
MORIHITO OTOGI
(MORIHITO)
NICO
WAKATSUKI
(NICO)
NICO WAKATSUKI
Bruja algo patosilla. Es un tanto despistada y enseguida le pierden los halagos. Su sueño es convertirse en una gran bruja que sea capaz de ayudar a las personas. Está enamorada de Morihito, pero parece que sus sentimientos no son correspondidos... ¿de momento?

CHARACTER

KEIGO MAGAMI (KEIGO)

Hombre lobo. Cuando ve algo con forma de luna creciente se transforma y su carácter se torna violento. Practicaba patinaje artístico, pero se retiró debido a un accidente. Antisocial proclamado. Cuando pasa a ser el tercer familiar de Nico, se muda a la residencia Otogi.

KANSHI KAZAMATSURI (KANSHI)

Tengu. Debido a un problema entre razas, al principio veía a Morihito como a un enemigo. Es simpático y sus excelentes habilidades sociales le permiten congeniar rápidamente con cualquiera. Se muda a la residencia de los Otogi y se convierte en el nuevo familiar de Nico.

NEMU MIYAO (NEMU)

Bruja de buena familia. Puede transformarse en gato gracias a su magia, pero esta se desvanece cuando se queda dormida. Visita la residencia de los Otogi para reclutar a Morihito como su familiar.

MIHARU KIRYÛ (MIHARU)

Vampiro. Le han enseñado muy buenos modales, pero siempre dice lo primero que se le pasa por la cabeza sin tener en cuenta las circunstancias. No chupa sangre: lo que necesita es absorber energía vital. Se establece en la residencia Otogi como el cuarto familiar de Nico.

STORY

Morihito Otogi, un poderoso joven demonio, decide cumplir con un antiguo juramento y acaba viviendo junto a la bruja Nico, con quien mantiene amistad desde que eran niños...
Tras regresar de su entrenamiento, Nico está muy emocionada de reencontrarse con él después de tanto tiempo y de poder compartir casa juntos. Sin embargo, según una profecía, una desgracia caerá sobre ella en el período máximo de un año y Morihito tiene el deber de protegerla como familiar suyo que es. Morihito está encantado de volver a ver a un viejo amigo suyo, el demonio Ran, ¡pero este resulta ser un brujo oscuro! Ran, nacido de la unión de un demonio y una bruja oscura inmortal, lleva 160 años viviendo en soledad. Ahora va a por Nico, con el fin de resucitar a la bruja oscura Jura, liberándola de su sello... Por fin está claro cuál es el objetivo de la facción de las brujas oscuras y qué día entrarán en acción. Hasta entonces, el grupo continúa con su rutina, pero...

ÍNDICE

WITCH WATCH vol. 11

FUM
FUOOOS
ASÍ NO HABRÁ MANERA DE QUE DERROTE A RAN.
NADA.
GRUOOO
LO QUE NECESITO...
...ES DESENTRAÑAR LOS MISTERIOS DE LAS GRANDES ARTES OCULTAS DE LA TÉCNICA DEMONÍACA DEL KIGON.
¿LOS QUÉ? ACABAS DE SONAR A FRIKAZO DE SHÔNEN TOTAL.

✦90 Los maestros demoníacos (1ª parte)

FÍJATE. ESTÁ TODO REDACTADO EN ESCRITURA DEMONÍACA.
SE TRATA DE TÉCNICAS PELIGROSAS, POR LO QUE SU LECTURA NO ESTÁ AL ALCANCE DE CUALQUIERA.
EL PROBLEMA ES QUE LA INTERPRETACIÓN DE LA ESCRITURA DEMONÍACA NO HA PERDURADO HASTA LA ACTUALIDAD.
¿DE QUÉ ME SIRVE TENER LAS INSTRUCCIONES A MI ALCANCE SI NO PUEDO LEERLAS?
¿NO PODRÍA NICO DESCIFRARLO CON SU MAGIA?
UNA VEZ SE LO PEDÍ, PERO NO CONOCÍA NINGÚN HECHIZO QUE SIRVIERA.
DE TODAS FORMAS, NO HABRÍA SIDO FÁCIL ESTUDIARLO POR MI CUENTA.
CLARO, NO TIENES A NADIE QUE PUEDA ENSEÑARTE.
SIEMPRE HA SIDO ASÍ. MI PADRE FUE EL QUE ME INSTRUYÓ EN LA TÉCNICA DEL KIGON, PERO TAN SOLO PUDO ENSEÑARME LO MÁS BÁSICO. TUVE QUE PERFECCIONAR YO POR MI CUENTA MIS HABILIDADES DE COMBATE.
EN ESE SENTIDO, LO QUE ME PERMITIÓ MEJORAR DE VERDAD FUE...
EN FIN, DEJEMOS EL TEMA.
...
SIEMPRE SE ESTÁ PREOCUPANDO DE CUIDAR DE TODO EL MUNDO, PERO NO TIENE A NADIE QUE LO GUÍE A ÉL...

POR FAVOR, AYÚDANOS A ESTUDIAR.
¡¿YA ESTAMOS OTRA VEZ?!
¡¿POR QUÉ?!
¡ES QUE TENEMOS LOS EXÁMENES DE MEDIADOS DE SEMESTRE A LA VUELTA DE LA ESQUINA!
¡QUEREMOS PONERNOS A ESTUDIAR DESDE HOY MISMO!
¡TENER OTRA VEZ SESIONES DE REPASO CONTIGO NOS AYUDARÍA A ENTRAR EN MATERIA!
¡ARGH, SOIS INSUFRIBLES!
¡NO HACÉIS MÁS QUE PEDIR Y PEDIR! ¡"AYÚDAME", "EXPLÍCAME", "ENSÉÑAME"! ¡PUES YO ME LO CURRO SIEMPRE POR MI CUENTA! ¡SIEMPRE!
ME PARECE QUE HOY TE HEMOS PILLADO EN UN MAL DÍA...
OS HE HECHO UN RESUMEN DE LOS APUNTES.
¡PERO QUÉ DETALLE!
¡HASTA DE MAL HUMOR ES UN CIELO!

AL FINAL, LO QUE NOS SALVÓ EL CULO LA OTRA VEZ FUERON ESTOS APUNTES.
BASTA CON QUE DEDIQUEMOS TRES DÍAS A APRENDÉRNOSLOS DE PE A PA.
ENTONCES, ES UN POCO PRONTO PARA PONERSE A ELLO, ¿NO?
¡AAARGH! ¡EN CUANTO VEIS LA LUZ AL FINAL DEL TÚNEL OS RELAJÁIS Y VOLVÉIS A PASAR DE TODO! ¡ACABABAIS DE DECIDIR PONEROS A ESTUDIAR Y AL MOMENTO SIGUIENTE OS ESTÁIS RASCANDO LA BARRIGA!
ど
PLAAAM
かっ
¡VALE YA CON LA TONTERÍA! ¡SI OS LO HABÉIS PROPUESTO, EMPEZAD AHORA MISMO!
¡VALE, VALE!
¡JUI, JI, JI! SE ME ACABA DE OCURRIR UNA IDEAZA.
CHAAAS
パァァァ
¡SPINIATURE, ESPINIATURA!

ムク
CLUP
ムク
CLUP
ムク
CLUP
バァアアアーン
CHAAAN
¡¿EH?! ¡HA APARECIDO UN MORIHITO RENACUAJO!
ESTE HECHIZO SIRVE PARA INVOCAR UNA MINIVERSIÓN DE QUIEN HAYA ESCRITO UN TEXTO.
¡HALA! ¿Y SIRVE PARA CUALQUIER ESCRITO?
NO, NO FUNCIONA EN TEXTOS IMPRESOS. TIENE QUE SER ALGO ESCRITO A MANO.
Y, CUANTO MÁS SE HUBIERA VOLCADO LA PERSONA EN CUESTIÓN EN LO QUE ESTABA ESCRIBIENDO, MÁS PRECISA ES LA VERSIÓN QUE SE MATERIALIZA.
¡EN CUANTO OS PONGÁIS A ELLO, OS RESULTARÁ MÁS FÁCIL CONCENTRAROS EN LOS APUNTES!
¡BUAH, ES MORIHITO TAL CUAL!
COMO MOI LE PUSO TANTO SENTIMIENTO, SU COPIA TAMBIÉN SE LO PONE.
¡VENGA! ¡EMPIEZA LA CLASE!

FUOOO
AL DUPLICARSE LA VELOCIDAD, LA ENERGÍA CINÉTICA SE CUADRUPLICA. SI LA VELOCIDAD AUMENTA 10 VECES, LA ENERGÍA CINÉTICA AUMENTA 100. ALGO TAN LIGERO COMO LA BALA DE UNA PISTOLA ES CAPAZ DE MATAR A ALGUIEN DEBIDO A LA ENERGÍA QUE LA VELOCIDAD APORTA AL DISPARO.
BLA
BLA
BLA
BLA
¡ASÍ SÍ QUE LO ENTIEN-DO!
¡PORQUE NOS LO ESTÁ EXPLICANDO ÉL, QUE EN ESO NO TIENE RIVAL!
VAYA...
QUÉ PASADA ESTO DE TENER DELANTE A LA PERSONA QUE HA RE-DACTADO UN TEXTO TAL COMO ERA CUANDO LO ESCRIBIÓ.
PUES SÍ, ES UN HECHIZO MUY ÚTIL.
¡NICO!

¡SPINIA-
TURE,
ESPINIA-
TURA!
CHAAAS
CLUUUP
CLUP
CLUP
ZUOOO
¡AHÍ ESTÁN
LOS AUTORES
DEL TRATADO
SECRETO!

¡¿EH?! ¿LOS AUTORES DE QUÉ?
ES UN MANUSCRITO SOBRE LAS ARTES OCULTAS DEL KIGON.
SON LAS CUATRO MENTES MAESTRAS DETRÁS DE LAS CUATRO GRANDES TÉCNICAS.
MAESTROS DEMONÍACOS...
¡GLUPS!
NO SÉ SI CONSIGO IMAGINÁRMELOS...
¡JUO, JUO, JUO!
FUUUSH
EL ANCIANO
¿ME HABÉIS CONVOCADO, ZAGALES?
¡SÍ, DE HECHO ES EXACTAMENTE COMO ME LO IMAGINABA!
CHAAAN

Yo a este maestro ya lo he visto en algún sitio...
Es el maestro más maestril que te puedas echar en cara.
¡Juo, juo, juo! La juventud es una fuente rebosante de vitalidad.
Es el típico viejo maestro ermitaño.
LA MAESTRA
¿Seréis capaces de aguantar mi entrenamiento?
¡También hay una maestra!
CHAN
Pero bueno, ¿qué hace aquí esta recua de mocosos?
¡Es una guerrera! ¡Seguro que es una sádica orgullosísima de su fuerza bruta!
¡Cómo mola!
¡Aaah!
No deberías juzgar a alguien por su apariencia.
Si no sois capaces de hacer diez mil flexiones con una olla de hierro hirviendo sobre la espalda, ¡os ensartaré en un espetón y os cocinaré a la parrilla!
¡¿Ves?!
Desde luego, no engaña...

EL PASOTA
A VER, ¿A QUÉ VIENE TANTA PASIÓN?
TAMPOCO HACE FALTA TOMARSE EL ENTRENAMIENTO TAN A PECHO, ¿EH? ANDA, MEJOR TRAEDME UN POCO DE SAKE Y UNOS DADOS.
FLUUUF
¡A ESTE SE LA SOPLA TODO!
¡VA SIN AFEITAR Y NO LE PONE NI EL MENOR ENTUSIASMO, PERO SEGURO QUE ES SUPER-FUERTE!
¿SE PUEDE SABER POR QUÉ SOIS TAN BÁSICOS Y PREDECI-BLES?
ESTE ES EL TÍPICO CONSEJO DE SABIOS QUE SALDRÍA EN UN MANGA.
ES LA MISMA LEY QUE AFECTA A LA PAREJA DE LOS NEW HORIZON Y AL CONSEJO DE ESTUDIANTES: LAS PERSONAS CON EL MISMO TIPO DE ENERGÍA SE ATRAEN ENTRE SÍ.
¡NO LO DIGAS COMO SI FUERAN USUARIOS DE STAND! ESA LEY NO EXISTE.
ENTONCES, EL CUAR-TO...
GRUOOO

EL DE LA MÁSCARA
¡UN ENMASCARADOOO!
かあっ
FAAAM
¡¿PERO QUÉ ME ESTÁS CONTANDO?!
¡ESTE DESPLIEGUE DE MAESTROS CLÁSICOS TIENEN QUE HABÉRSELO PREPARADO! ¿OS HABÉIS PUESTO DE ACUERDO DE ANTEMANO PARA QUE NO SE OS SOLAPASEN LOS PERSONAJES?
NO ME LO PREGUNTES A MÍ, PREGÚNTASELO A TU CORAZÓN.
¿ESTÁS DE COÑA?
ES EL TÍPICO MAESTRO CRÍPTICO.
SEGURO QUE TIENE UN MOTIVO DE PESO PARA LLEVAR ESA MÁSCARA.
¿QUÉ TRAGEDIAS HABRÁ VIVIDO?
QUÉ VA, LA LLEVA PARA QUE EL PERSONAJE LE QUEDE MÁS MOLÓN.
PUES SÍ QUE FORMAN UN CONJUNTO EXTRAVAGANTE.
DEBEN DE SER IMPRESIONANTES, PERO EN VERSIÓN MINI LO QUE PARECEN ES UNA CUCADA.

ANDA, ¿PERO QUÉ MUÑECA TENEMOS AQUÍ? VEN, PRECIOSA, SÍRVEME UNA COPA.
EL MAESTRO PASOTA SE HA PUESTO A ACOSAR A LA MAESTRA GUERRERA.
COMO ES UN DEMONIO DE OTRA ÉPOCA, SE COMPORTA COMO UN CARCA.
PLAS
PLAS
SE LO HA VENTILADO EN UN SEGUNDO.
ESTO SÍ QUE ES UN CLÁSICO.
¿CÓMO? ¿QUE NACISTE EN LA ERA MEIJI? ENTONCES ERES MÁS JOVEN QUE YO.
¿QUÉ? NO, NO, UN RESPETO, QUE EN EDAD SIGO SIENDO MAYOR QUE TÚ.
Y ESTOS DOS ESTÁN DISCUTIENDO SOBRE QUIÉN LE DEBE MÁS RESPETO AL OTRO.
¡LOS MAESTROS SE LLEVAN A MATAR!
ES QUE CADA UNO ES DE UNA ÉPOCA DISTINTA Y NO SE CONOCÍAN.
A VER, MAESTROS.
TAMPOCO IMPORTA TANTO QUIÉN ES EL MAYOR, ¿NO?
NO HACE FALTA DISCUTIR.
Y AHORA MOI PARECE EL TÍPICO APRENDIZ DE CÓMICO INTENTANDO APACIGUAR A SUS VETERANOS.

Soy Morihito Otogi, descendiente de demonios.
Tengo mis razones para querer aprender las artes más poderosas de la técnica del Kigon. ¿Me concederéis vuestras enseñanzas?
No te creas que será tan fácil aprender de mí.
Más te vale no rendirte.
Vaya, vaya, sí que tienes agallas...
¿Es una broma? Olvídate, qué dolor de cabeza.
¡Dejad de hablar todos a la vez!
Lo de cooperar no es lo suyo...
Has dicho "Otogi", ¿no? Entonces, eres mi descendiente.
¿Eres...?
Zanjinsai Otogi. Y, por consiguiente, tu ancestro.
Si mi vástago necesita ayuda, yo se la proporcionaré.

¡GRACIAS!
¡CUENTO CON ELLO!
PARECE QUE NO TE FALTAN ARRESTOS.
TE ADVIERTO QUE EL ENTRENAMIENTO SERÁ DURO.
CHAN
EN... ¡ENTENDIDO!
VAYA, VAYA. EN MENUDO EMBROLLO ME HABÉIS METIDO.
EN FIN, QUÉ REMEDIO.
NI SE TE OCURRA TIRAR LA TOALLA.
CLIN
¡DE ACUERDO!

¡HMPF! NUNCA HA ENTRADO EN MIS PLANES ACEPTAR UN DISCÍPULO...
...HASTA AHORA.
¡PERO QUÉ PESADILLA! ¡PARA ESO, PODRÍAIS HABER DICHO A LA VEZ QUE SÍ Y AHORRARNOS LOS TURNOS!
かあっ
FAAAM
¡POR FAVOR, MAESTROS, NO OS PELEÉIS POR CUÁL ES MÁS DIGNO DEL TÍTULO!
¡NO HACE FALTA QUE INTENTÉIS LUCIROS!
PUES SÍ QUE ESTÁ EMOCIONADO MORIHITO.
QUÉ BIEN, ¿VERDAD?
AHORA TENDRÁ DE QUIÉN APRENDER.
HM...

Oye, ¿y cuánto tiempo aguantarán las materia-lizaciones de los maestros? ¿Son eternas?
Juo, juo, juo... A eso puedo respon-derte yo mismo.
Unos 90 días.
Eso es lo que se tarda en aprender las cuatro grandes técnicas.
¡Tres meses!
¡No, no tengo tanto tiempo! ¡Para cuando terminase, el día del desastre ya habría pasado!
Eh, oye, ten en cuenta que eso solo sería para aprender los fundamen-tos.
No son técnicas sencillas que se puedan dominar de la noche a la ma-ñana.

!
Claro. Las estoy subestimando.
¿Y qué hacemos, Moi?
Nico.
¿No podrías usar ese hechizo?
!!
TUTUM
TUTUM
¡¡Moi!!
¿Te refieres a lo que estoy pensando, Morihito?
¡No! Eso sí que no...
¿De qué estáis hablando?

SI APLICO EL HECHIZO A SU MÁXIMA POTENCIA, PODRÍA AUMENTARLA 20... NO, 30 VECES.
CON ESO BASTARÁ. POR FAVOR.
NO SÉ SI LO COMPRENDO. ¿ACASO HAS TOPADO CON UNA SOLUCIÓN?
SÍ.
¡QUIQUICK, RAPIDILLO VELOCIDAD 30!
CHAN
DURANTE LOS PRÓXIMOS TRES DÍAS ME ADENTRARÉ EN EL INFIERNO.
¡PARA PODER CONSAGRAR 90 DÍAS A SU ENTRENAMIENTO, MORIHITO ESTÁ DECIDIDO A AVENTURARSE JUNTO CON LOS CUATRO MAESTROS EN UNA REALIDAD CON LA VELOCIDAD MULTIPLICADA POR 30!

✦91 Los maestros demoníacos (2ª parte)

EN EL CAPÍTULO ANTERIOR...
...MORIHITO INVOCÓ A CUATRO GRANDES MAESTROS DE UN ANTIGUO TRATADO SECRETO CON EL FIN DE APRENDER LAS MÁS PODEROSAS ARTES DE LA TÉCNICA DEL KIGON.
PARA ACORTAR LOS 90 DÍAS DE DURACIÓN DEL ENTRENAMIENTO, HA ACCEDIDO A SOMETERSE AL HECHIZO RAPIDILLO A VELOCIDAD 30.
LO QUE MÁS INTRANQUILO ME TIENE ES LA COMIDA.
AUNQUE VAYAMOS A SEGUIR EN LA MISMA CASA, SERÁ COMO SI ESTUVIESE TRES DÍAS FUERA.
OS HE DEJADO PREPARADOS PLATOS QUE SE PUEDEN CONGELAR, PERO CUANDO SE OS ACABEN, TENDRÉIS QUE APAÑÁROSLAS.
NO TE RAYES, MOI, TÚ PREOCÚPATE POR TI.
DE VERDAD QUE TE VUELVES LOCO...
ESO TE PASÓ PORQUE ESTABAS SOLO, PERO ESTA VEZ NO SERÁ EL CASO.
¡MIMIP!
ESTÁ DICIENDO ALGO.
TENDRÉ A LOS CUATRO MAESTROS CONMIGO.
¿PENSÁIS HACERNOS ALGO SIN SIQUIERA HABERNOS EXPLICADO NADA ANTES?

POR FAVOR, MAESTROS, PONEOS SOBRE LOS HOMBROS DE MOI Y QUEDAOS QUIETOS.
¡QUE NOS LO EXPLIQUÉIS!
BLINK
BLINK
BLINK
¡QUIQUICK, RAPIDILLO, VELOCIDAD 30!
¡¿QUÉ NOS HAS HECHO?!
A VELOCIDAD 10 DECÍAS "MIP"...
BRUOOO
¿CÓMO SONARÁ A VELOCIDAD 30?
PIU
¡¡¡!!!
¡¿PIU?!
¡¿ES UN GORRIÓN?!
BLA
¡VA TAN RÁPIDO...!
UNIVERSE

GUUUUOOOOOGH...
オオオオオオ
FUOOO
¡¿QUÉ ESTÁ PASANDO?!
BUUUH
¡ESTÁ CLARO: HA MODIFICADO EL MUNDO!
¡¿QUÉ TÉCNICA HA USADO?!
Buoooh... Bubuoooh...
AH, O SEA QUE ESA JOVENCITA ES UNA BRUJA.
CONQUE EL VÍNCULO ENTRE BRUJAS Y DEMONIOS HA PERDURADO HASTA ESTOS DÍAS, ¿EH?
¿SABES ALGO SOBRE ELLAS?
MAGIA.
¡¿MAGIA?!

LLEGARON A JAPÓN HACIA EL AÑO 1600 HUYENDO DE LA CAZA DE BRUJAS.
ENTRE LOS FAMILIARES QUE LAS ACOMPAÑABAN HABÍA UN SER CORNUDO DESCENDIENTE DE TIGRES Y TOROS.
TSUNOTORA
NACIDA EN 1635
SU ASPECTO SE CORRESPONDÍA CON LA DESCRIPCIÓN TRADICIONAL JAPONESA DE LOS DEMONIOS, POR LO QUE LO BAUTIZARON COMO TAL. Y DE AHÍ PROCEDEMOS.
YO SOY INMIGRANTE DE TERCERA GENERACIÓN.
VAYA... PUES YO NACÍ EN EL PERIODO EDO...
EN MIS TIEMPOS, LOS SERES HUMANOS NOS HABÍAN EXILIADO A LO MÁS PROFUNDO DE LAS MONTAÑAS Y ESTÁBAMOS AL BORDE DE LA EXTINCIÓN.
NO SÉ NADA DE LAS BRUJAS.
YUMEJIRÔ ASUKA
NACIDO EN 1758
MÁS ADELANTE, LOS DEMONIOS VOLVIMOS A PONERNOS A SU SERVICIO...
...EN LA GRAN GUERRA, A FINALES DEL SOGUNATO.
ZANJINSAI OTOGI
NACIDO EN 1869
EN LA ACTUALIDAD, TANTO BRUJAS COMO DEMONIOS NOS HEMOS INTEGRADO EN LA SOCIEDAD HUMANA Y HEMOS DEJADO DE LUCHAR.
PERO EL RIESGO DE QUE ESA PAZ SE ROMPA ESTÁ AL ACECHO.
TENGO QUE HACERME MÁS FUERTE.
¡ENTRENADME, POR FAVOR!

BLA
HAN PASADO TRES SEGUNDOS.
¡...QUE DA MIEDO!
¡UAAAAAAAH!
FAS
FIU
FAS
FAS
FIUM
PIU PIU
FAS
PI PI
FUAS
FIUOM
FUOM
¡SE MUEVE TAN DEPRISA QUE NOS RODEA CON SUS IMÁGENES RESIDUALES!
FIUM
CLAC
¡AHÍ ESTÁ! YA SE HA PUESTO A COMER...
¡Y YA HA TERMINADO!
¿HA EMPEZADO A ENTRENAR?
¡PERO SI SOLO HA PASADO UN MINUTO!
UN MINUTO NUESTRO PARA ÉL ES MEDIA HORA.
¡AH!
ES DEMASIADA DIFERENCIA.

Apunte científico: Kurare

FIUM
¡UAH!
FIUUU
¿EH? ¿ESO HA SIDO MOI?
HA SALIDO UN MILISEGUNDO AL JARDÍN Y HA VUELTO A ENTRAR.
¿HABRÁ SALIDO A TENDER LA ROPA?
¿EEEH? ¡PERO SI LE HA DADO TIEMPO A VOLVER A COMER!
¡¿QUEEEEE?!
¿CUÁNTO TIEMPO LLEVAMOS HABLANDO?
UNOS 20 MINUTOS.
HAN PASADO 10 HORAS...
¡QUÉ CHUNGO! ¡EN LO QUE ESTÁBAMOS AQUÍ DE CHARLA, PARA MOI HA PASADO UN DÍA ENTERO!
BLA
¡DESDE SU PUNTO DE VISTA, NOS HEMOS PASADO TODO EL DÍA DE CHÁCHARA EN EL SALÓN SIN DAR PALO AL AGUA!
BLA
BLA
¡EN FIN, MENOS DARLE A LA LENGUA! ¡QUE AHORA SIENTO QUE ESTAMOS PERDIENDO EL TIEMPO!

Afh
Ahora otras mil.
¡Será una broma!
PLIC
Como me repliques, te daré además una paliza.
Si no quieres morir, empléate como si te fuera la vida en ello.
FOM
¡Eres infernal!
Afh
Venga, cuatro minutos de descanso.
¡Menudo demonio!
¡Juo, juo! No tienes piedad, Tsunotora.
Pues claro que no.
Mi técnica le permitirá esconder todo el músculo que desarrolle.
CACHAC
Será como si llevara un arma enorme oculta bajo la ropa.

Invocar a placer esa fuerza que lleva dentro desconcertará a sus contrincantes y le permitirá multiplicar su poder.
Así es la Kaigoku, la prisión de músculo. Un entrenamiento corriente no basta para aprenderla.
MUONG
Arf Arf Arf
Vaya, vaya. Así que la desarrolló esta demonio.
La leí en el tratado secreto, pero me dio pereza estudiarla.
¿Qué? No me digáis que nadie llegó a aprenderla...
Buf, imposible... Para eso haría falta poseer el auténtico poder de los demonios.
Nuestro poder se fue diluyendo con el paso de las generaciones.
Agh...
Ugh... Entonces, ¿mi contribución fue en vano?
Yo la aprenderé y tomaré el relevo.
Parece ser que en mí ha resurgido el antiguo poder de nuestro linaje.
Esta ocasión es irrepetible. Quiero aprender todas las técnicas y continuar con vuestro legado.

¡Juo, juo, juo! Así me gusta, mi joven sucesor.
En ese caso, pasemos a mi entrenamiento.
¡Espera, que yo aún no he terminado!
No, no, esto será más efectivo que ir técnica por técnica.
La fuerza física que tus enseñanzas le proporcionan le será provechosa para hacer frente a mi instrucción.
Los resultados obtenidos en cada entrenamiento irán formando un ciclo que constatará sus resultados.
Diría que así es como están entrelazadas estas cuatro técnicas.
Somos miembros de un mismo linaje procedentes de distintas épocas y reunidos para adiestrar a nuestro descendiente.
Insólito y venturoso es este momento en que la fortuna nos ha congregado.
¿No es acaso nuestro deber responder al afán de Morihito?
...
Menos humos, viejales.
ÑUIG
Que aquí eres el benjamín, a ver si te enteras.
ÑUIG
¡Dejad de creeros mayores por venir de una época anterior!

¡ACUMULA LA ENERGÍA EN LA MANO DERECHA!
¡GUÍA HASTA ELLA EL PODER QUE FLUYE POR TU CUERPO!
¡VISUALÍZALO PARA PROYECTARLO EN LA DISTANCIA...!
¡...Y USA EL NOMBRE DE LA TÉCNICA PARA DESPEDIRLO!
FUAAA
¡CHÛINGAMU, COLMILLO DEL TIGRE URINARIO!
POP
¡Jua, ja, ja!
¿QUÉ HA SIDO ESO, UN PEDO? ¡SÍ QUE SE TE HA QUEDADO CORTO EL DISPARO!
¡TE FALTA ESPÍRITU DE COMBATE, MORIHITO!
PERDÓN...
ES QUE LO DE "URINARIO" ME HA DESCOLOCADO...
¡URINARIO, DE URO! ¡EL TIGRE Y EL URO, NUESTROS ANCESTROS! ¡¿DÓNDE ESTÁ EL PROBLEMA?!
¡A TU EDAD, TENDRÍAS QUE HABER SUPERADO YA LO DE LOS CHISTES ESCATOLÓGICOS!

¡LENTO, VAS TARDE! ¡ME ESTÁS DANDO GANAS DE BOSTEZAR!
¡TIENES QUE HUIR A TODA VELOCIDAD!
FUUUSH
¡RECHAZA EL COMBATE CON TODAS TUS FUERZAS!
¡QUIERO VER MÁS COBARDÍA!
¡PIENSA QUE LO QUE MÁS DESEAS ES ACABAR CUANTO ANTES PARA IRTE A LIGAR POR AHÍ!
Afh...
Afh...
Afh...
SIN ESE CARÁCTER, TE HABRÍA RESULTADO IMPOSIBLE DESARROLLAR UNA TÉCNICA TAN BRUTAL, ¿EH...?
LA ÚNICA FORMA DE APRENDER MI TÉCNICA ES SOMETERSE A UNA SERIE DE COMBATES EXTREMOS ENCADENADOS.
¿PERO A QUIÉN PODRÍA ENFRENTARME...?
MIC
ちんまり
¡Je!

FRUP
FRUP
LUCHAREMOS CONTRA TI CON ESTE TAMAÑO.
DUM
¡UAH...!
¡¿HABÉIS CRECI-DO?!
SOLO PODEMOS MATERIALI-ZARNOS ASÍ UNA VEZ AL DÍA DURANTE UNA HORA.

"Y CUANTO MÁS SE HUBIERA VOLCADO LA PERSONA EN CUESTIÓN EN LO QUE ESTABA ESCRIBIENDO, MÁS PRECISA ES LA VERSIÓN QUE SE MATERIALIZA."
JA, JA... LOS MAESTROS DEMONÍACOS NO OS ANDÁIS CON MEDIAS TINTAS.
¿NO SERÁ PELIGROSO LUCHAR CON LA MÁSCARA PUESTA, MAESTRO?
SÍ, TIENES RAZÓN. ES MEJOR QUE ME LA QUITE.
¿ASÍ, SIN MÁS?
¿NO LA LLEVAS POR NINGÚN MOTIVO DE PESO?
CREO QUE SOLO LA LLEVA PORQUE LA HIZO ÉL MISMO Y LE GUSTA CÓMO LE QUEDÓ.
TODAVÍA NO ME HE PRESENTADO.
ME LLAMO MOGARI OOTAKE.

¡MOGARI... OOTAKE...!
EL PADRE DE RAN...
CUANDO ESCRIBIÓ EN EL ANTIGUO TRATADO, TODAVÍA NO HABÍA CONOCIDO A LA BRUJA INMORTAL...
...NI SABÍA EL DESTINO QUE LE ESPERABA.
SERÁ MEJOR QUE MANTENGA LA BOCA CERRADA.
¡¿MOGARI OOTAKE?!
ENTONCES ERES EL GUERRERO QUE COMBATIÓ JUNTO A MI PADRE EN LA GRAN GUERRA.
AH, O SEA QUE TÚ ERES EL RETOÑO DE TESSHIN.
¿HM? AHORA QUE LO PIENSO, ¿NO DESAPARECISTE DESPUÉS DE LA CONTIENDA...?
¡GH!

¡CHÛINGAMU, COLMILLO DEL TIGRE URINARIO!
PAM
¡AY!
¡¿PERO QUÉ HACES?!
¡ESTABA PROBANDO LA TÉCNICA! ¡VENGA, SIGAMOS ENTRENANDO!
FUAAASH
RAN...
VOY A DERROTARTE...
...CON LA TÉCNICA QUE ME HA ENSEÑADO TU PADRE.

HEMOS TERMINADO.
PERO RECUERDA QUE SOLO HAS APRENDIDO LOS FUNDAMENTOS. NI SE TE OCURRA DORMIRTE EN LOS LAURELES.
TE HAS VUELTO MUY VIGOROSO, MORIHITO.
MUCHAS GRACIAS.
NO OLVIDARÉ LO QUE HABÉIS HECHO POR MÍ.

PARECE QUE HA LLEGADO LA HORA DE DESPEDIRNOS.
VAYA, SE ME ESTÁ DESDIBUJANDO EL CUERPO.
ME GUSTA...
...LLEVAR UNA VIDA TRANQUILA.
SIEMPRE HE PENSADO QUE SERÍA MUY FELIZ SIN ESTE PODER...
...PERO AHORA ME SIENTO ORGULLOSO DE SER UN DEMONIO.
ESTOY DE ACUERDO...
...VÁSTAGO.

¡BUUUOOOOOH!
PUF
¡UH!
¡AH, MOI!
¡HAS VUELTO!
¡BIEN-VENI-DO!
HOLA.
SIENTO HABER ESTADO FUERA TANTO TIEMPO.
VEO QUE ESTÁIS ESTUDIANDO. QUÉ RESPON-SABLES.

MOI...
ME DA LA IMPRESIÓN DE QUE HA MADURADO TANTO...
ESTARÁS CANSADO. ¿POR QUÉ NO TE TOMAS EL DÍA CON CALMA?
NO...
ME SIENTO EN PLENA FORMA.
OS AYUDARÉ A ESTUDIAR.
QUIERO COMPARTIR, AUNQUE SEA UN POCO, LO QUE ME HAN ENSEÑADO LOS MAESTROS.
MOI...
BLAM
¡PONEOS LAS PILAS! ¡SI NO QUERÉIS MORIR, EMPLEAOS COMO SI OS FUERA LA VIDA EN ELLO! ¡VENGA!
BLAM
BLAM
¡MENUDO DEMONIO!
¡¿A QUÉ CLASE DE TORTURA TE HAN SOMETIDO?!

MOGARI
YUMEJIRÔ
TSUNOTORA
ZANJINSAI

¿Has vuelto a pelearte con Miharu, Kan?
¡Es que es una falta de respeto tras otra!
Ese carácter de diablillo que tiene es propio de su edad.
Dice esas salvajadas porque sabe que resulta adorable.
Se aprovecha de lo mono que es.
Tiene unos rasgos y unos gestos tan delicados...
A veces es imposible no quedarse embobado con él.
¿Eh? ¿Qué haces, Miharu?
Estoy...
...Intentando plantar una rosa.
✦92
Lock 'n' Rose
¡Oooh...!

Esta rosa es un legado de la raza de los vampiros.
Este esqueje se conoce como "crepúsculo".
Anda, ¿y crecerá en un jarrón?
Las rosas suelen criarse con rodrigones e injertos.
A las semillas se recurre para la selección artificial.
Me gustaría intentar utilizar este esqueje para hacer mi propia selección artificial.
¿Eh? ¿No acabas de decir que la selección se hace a partir de las semillas?
Ah, Morihito, qué oportuno.
¿Puedo clavarte esta ramita en el brazo?
¡Ya ha salido el diablillo que lleva dentro!

¡Miharu, que das miedo! ¡Te rezuma la maldad por los poros!
¡¿Para qué me quieres clavar nada?!
Si la alimento con el cuerpo de un demonio, seguro que se convierte en una flor siniestra.
Vamos, que lo que quiero es que le hagas de sustrato.
FUOOO
¡Pero mira que eres chungo!
Porque quiero criar mi propia rosa.
¿Eh? ¿No tenéis curiosidad...?
¡Con esa cara de angelito ahora mismo das todavía más mal rollo!
Bueno, es natural...
Ni siquiera tú eres capaz de someterte a algo así.
¡Ja, ja!
Seguro que clavarse el esqueje duele.
Hasta a ti hay cosas que te asustan, ¿eh?
Trae aquí eso.
CHAC
¡Que te estás dejando manipular por el criajo diabólico, Morihito!

SRP
GLUC
GLUC
¡ESTÁ ABSORBIENDO ALGO!
SÍ, CLARO.
SRRRP
SRRRP
TIENE EL MISMO PODER DE ABSORCIÓN DE ENERGÍA QUE UN VAMPIRO.
¡¿Y LO DICES AHORA, RETORCIDO?!
AH, SÍ. ESTO ES LO QUE LLAMAMOS DRENAJE. SE TRATA DE LA HABILIDAD DE LOS VAMPIROS DE ABSORBER TANTO LA ENERGÍA VITAL COMO LA MÁGICA.
¡ESO SE EXPLICA ANTES!
¡NO ME REFIERO A ESO!
BUENO, TAMPOCO ES PARA TANTO.
GLUC
GLUC
ES TAN FUERTE QUE SE LO TOMA COMO SI NADA...
EL ESQUEJE ME LO HA MANDADO MI PADRE PARA QUE ESTÉ PREPARADO SI TENEMOS QUE ENFRENTARNOS A UNA BRUJA OSCURA.
AL PARECER, ANTIGUAMENTE EL CREPÚSCULO SE UTILIZABA COMO ARMA.

ANDA, PUES QUÉ INTERE-SANTE.
FUIS
ちょい
¡AY, NO LA TOQUES!
EL CRE-PÚSCULO ES MUY GLOTÓN.
SIEMPRE VA BUSCANDO A SU PRÓXI-MA VÍCTI-MA...
GRUUUG
¡UAAAH! ¡HA CRE-CIDO DE GOLPE!
GRUOOO
¡AAAH! ¡SE ME HA ENREDADO!
FLUUURL
ME TIENE SUJE-TA.
FLIIIM
ARGH... ¡YA LA HEMOS LIADO!
PUES NADA, HABRÁ QUE CORTARLO CON UNA SIERRA.
¡AAAH! ¡NO, ESPERA!
ES FIRME COMO UNAS ESPO-SAS.
ÑUC
ÑUC
NO HAY MANERA DE SOL-TARSE.

Si hacéis eso, se marchitará. El crepúsculo es una rosa valiosísima y solo tengo este esqueje.
Y entonces, ¿qué hacemos?
Puedo criar otro esqueje y volver a intentarlo.
Esperad así hasta que crezca.
GACHAM
¡¿QUÉEEE?!
Vamos a estar...
...así todo el rato...
トクン
TUTUM
FLAAAS

¡EH, NO TE ME PEGUES TANTO!
CON LAS MANOS ATADAS, NO PUEDO EVITARLO.
DEBERÍA DARME UNA DUCHA.
モフ
FLUF
¿CÓMO? ¿QUIERES DAR UN PASEO?
CLARO, ¿POR QUÉ NO?
モフ
FLUF
ES COMO SI FUÉRA-MOS DE LA MANO.
BUENO...
VOY A APAGAR LA LUZ, ¿VALE?
モフ
FLUF

¡EH, OYE! ¡QUE NICO ES UNA CHICA!
¡¿TE CREES QUE VA A ACEPTAR COMO SI NADA QUE ME PASE LAS 24 HORAS DEL DÍA Y DE LA NOCHE SIN SEPARARME DE ELLA?!
AISH, DE VERDAD...
POR ESTA VEZ, VALE, PERO QUE NO SE REPITA.
¡¿TE PARECE BIEN?!
¿EH? ¿EN SERIO?
MIHARU ES PEQUEÑO Y ESTÁ APRENDIENDO. ¿QUIÉN NO HA COMETIDO UN ERROR?
TÚ, DESDE LUEGO, UNOS CUANTOS.
BUENO, MOI...
¿VAMOS A DAR UN PASEO?
¿AHORA?
FLUUURI

¡¿EEEEH?!
GACHAM
UGH...
¡AHORA ME HA AMARRADO A KEIGO!
¡EL CREPÚSCULO HA CAMBIADO DE OBJETIVO!
¡UAGH, ME HA ATADO LAS DOS MANOS!
¡QUÉ MALA SUERTE LA MÍA!
¿Y A TI QUÉ TE PASA, NICO?
OYE, PERDONA, ¿PERO CUÁNTO TIEMPO VAMOS A ESTAR ASÍ?
CON LA VELOCIDAD A LA QUE ESTÁ CRECIENDO, SEGURO QUE MAÑANA YA LE HABRÁ SALIDO ALGUNA RAMITA.
PUES VENGA.

HAY QUE IR A COMPRAR LA CENA.
ÑUIG
¡¿QUÉ?!
¿VAMOS A SALIR? ¿ASÍ? ¡¿NO PODEMOS PEDIR A DOMICILIO?!
A MÍ ME GUSTA MÁS LO QUE PREPARO YO. Y HOY, EN CONCRETO, ME MUERO POR UN REVUELTO DE CERDO CON VERDURAS AL ESTILO DE OKINAWA.
¿TE TENÍA QUE ENTRAR EL ANTOJO JUSTO AHORA?
¿DE VERDAD VAMOS A SALIR ASÍ A LA CALLE?
NO, LLAMARÍAMOS DEMASIADO LA ATENCIÓN.
ES MEJOR DISIMULARLO CON UN PAÑUELO.
FRAS
¡ASÍ PAREZCO UN DELINCUENTE!
VENGA, VAMOS, CAMINA.
UH... SÍ, LO SIENTO...
DICEN QUE ASIGNARLE UN ROL A ALGUIEN PUEDE HACER QUE SE META EN EL PAPEL...
MOI VA A LO QUE VA Y PUNTO.

MART
BLA
Oye, Morihito.
BLA
BLA
¿No vamos cada vez más pegados?
...
ÑUUUC
Pues sí. La planta está creciendo y extendiéndose.
Uh... Parecemos una parejita.
Bsss...
Bsss...
¡HM!
Esta es la salsa esa que dicen que está tan buena. ¿La probamos?
¡Haz lo que te dé la gana!
TOMATO
TOMATO

NO, MEJOR PASAMOS.
POC
¿PODRÍAS ESPABILAR?
¡EN SERIO, ¿PODEMOS DEJAR ESTE ROLLITO TAN HOGAREÑO?! ¡QUE QUIERO VOLVER A CASA!
ESPERA CINCO MINUTOS, QUE VAN A EMPEZAR CON LAS OFERTAS.
¡PARECEMOS UN MATRIMONIO!
VIVA LA DIVERSIDAD.
¡¿Y A MÍ QUÉ ME CUENTA, SEÑOR?!
TON TON
¡AAAY!
QUÉ BIEN ME HA SENTADO LA SIESTA.

CHAAAN
¡MENUDO CAMBIO!
FSHHH
¿EH? ¿AHORA ESTÁIS ATADOS POR LA ESPALDA?
A BUENAS HORAS TE ENTERAS, MIHARU.
FLIS
OCÚPATE DEL FUEGO, QUE VOY A COGER LAS ESPECIAS.
FSHHH
VOOOY.
¡QUÉ COMPENETRACIÓN! ¡CÓMO SE NOTA QUE ESTÁIS ACOSTUMBRADOS A AMOLDAROS A HECHIZOS ABSURDOS!
NO HAY PROBLEMA QUE NOS SUPERE.
PASE LO QUE PASE, MIENTRAS DEMOS LO MEJOR DE NOSOTROS, TODO IRÁ BIEN.

¡QUE APROVECHE!
¡PUES A MÍ NO ME ESTÁ YENDO TAN BIEN!
¡¿VOY A SER EL ÚNICO QUE SE QUEDE SIN CENAR?!
AH, PERDONA, ME HABÍA OLVIDADO DE QUE ESTABAS AHÍ.
TAMPOCO TE AMOLDES TANTO.
TAMBIÉN HE PREPARADO ALGO PARA TI.
PERO QUÉ TRISTE ES ESTO...
A COMER.
ÑUIC
¡AH!
ÑUIC
¡ESTOY COMIENDO YO!

¿Qué pelea ridícula es esta?
Hagámoslo por turnos.
Cuando uno vaya a comer, que avise al otro diciendo "¡yo!".
Vale, venga.
¡Yo!
ÑUIC
¡Yo!
ÑUIC
¡Yo!
¡Jum!
ÑUIIIC
¡Uegh!
No me canso de mirarlos.

AL DÍA SIGUIENTE...
ピンポーン
DING
DOOONG
¡JEKYLL!
PASABA POR AQUÍ Y HE VENIDO A SALUDAR.
PUES NOS HAS PILLADO EN CASA. ENTRA.
SIENTO PRESEN-TARME SIN AVISAR.
ME FASCINA ESTA CASA...
...EN LA QUE VIVEN TODO TIPO DE SERES SOBRENA-TURALES.
TUTUM
TUTUM
ANDA, HOLA.
CHAAAN
¡AHORA TAMBIÉN HAY UN CENTAU-RO!

¿EEEH? ¿QUÉ HA OCURRIDO? ¿OS HABÉIS FUSIONADO?
NO, QUÉ VA, SI YO LO ÚNICO QUE HE HECHO ES SUBIRME ENCIMA.
PERO ELLOS DOS, SÍ.
¡¿QUE ELLOS DOS SÍ?!
¡¿CÓMO QUE "SÍ"?! ¿QUÉ LES HA PASADO?
PUES RESULTA QUE, AL PLANTAR UNA ROSA EN UN DEMONIO, ESTA CRECE MÁS DE LO PREVISTO Y SE VA ENREDANDO CON TODO EL MUNDO.
AL ÚLTIMO QUE HA ATRAPADO ES AL *TENGU* Y LOS HA CONVERTIDO EN UN CENTAURO.
¿ESPERAS QUE ALGUIEN ENTIENDA SEMEJANTE EXPLICACIÓN?
LO SIENTO.
HA SIDO TODO CULPA MÍA, DE LA GRUPA.
¡EL DE LA GRUPA ESTÁ TOTALMENTE DOBLEGADO!

Asignarle un rol a alguien hace que este se meta en el papel.
Como ahora es la grupa del centauro, se ha vuelto muy negativo.
¡Pero pobre!
Todo comenzó ayer, cuando fuimos a los baños públicos y lavamos a Kanshi como si fuera un caballo.
Esta historia es demasiado trágica, no puedo seguir escuchando.
Morihito, como es la mitad anterior, es todo orgullo.
Es que siempre ha tenido mucha seguridad en sí mismo.
Y así...
¡Ya tengo el nuevo esqueje!
¡Oooh! ¡Qué bien!
Buf, sí que ha tardado...
Me sigo sintiendo un poco como el culo...
Ya veo que si dejo que parasite a una persona con tanta energía se descontrola.
Ahora que lo pienso, Jekyll también tiene...

ZUUUM
¡AH!
CHAC
FUAAAM
SRRRP
SRRRP
¡AH!
¡AH!
GACHAM
¡¿CUÁNTO TIEMPO VA A DURAR ESTO?!
HASTA QUE CREZCA UNA RAMITA NUEVA...
BLA
BLA

Crepúsculo

Rosa con el poder
de drenaje de un vampiro.
Reacciona a la energía de
las personas y se mueve
por sí sola para
apresarlas.

* Zoológico Moriyasu

Tengo entendido que sabes hacer buenas fotos y quería que sacases unas cuantas.
Ah, sí, en plan, me gustan mucho las fotos. Suelo hacer muchas de nubes y de gatos y así.
Siento haberte pedido que vengas por semejante tontería.
Qué va, si yo, encan-tado.
¿Qué? Pero si seguro que te apetece un cuerno.
Tutum
ドキ
Tutum
ドキ
Tutum
ドキ
Sí, anda, ahora va a resultar que te lo pasas bien conmigo...
どうぶつえん
動物園
Vale, pues, ¿me haces una foto en la en-trada?
¿Lista? Allá va...
Chaaas
ショァァァァァァ……
Cachac
カシャ

✦93 WATCHDOG

CHAN
UNA VEZ AL MES, PUNTUAL, COMO SIEMPRE, ¿EH?
POR ALGO HICIMOS UN TRATO.
¿Y DE VERDAD NO TE IMPORTA? SI TE MORÍAS POR TENER UNA CITA CON KEIGO.
¡DE ESO NADA!
AH, ¿NO? ENTONCES, ¿QUÉ HACEMOS EN EL ZOO?
...
ES QUE...
...QUIERO PEDIRTE UN FAVOR.

Para entrenar con mi magia de transformación, necesito una imagen muy clara de aquello en lo que quiero convertirme.
Es esencial que tenga mi objetivo bien grabado en la retina.
Quiero...
...Transformarme en halcón.
¡¿Y a mí qué me cuentas?! ¡¿Para qué te tengo que acompañar yo en tu entrenamiento?!
Quiero que montes guardia y te asegures de que no me ve nadie.
Porque eres el único que sabe cuál es mi especialidad mágica.
Solo puedo pedírtelo a ti.
Además, con lo torpe que soy... es fácil que acabe transformándome en algo que no tenía previsto.
¡¿Y me quieres cargar a mí con el marrón?! ¡Búscate a otro! ¡¿Por qué tengo que hacerlo yo?!
Sé lo que pasó con el brujo oscuro de la última vez...
...Y yo no pude hacer nada.

¿QUÉ IBAS A HACER? SI NI SIQUIERA ESTABAS ALLÍ.
YA, PERO AUNQUE HUBIERA ESTADO, NO HABRÍA SIDO CAPAZ DE AYUDAR.
LA PRÓXIMA VEZ, QUIERO TENER ALGO QUE OFRECER.
PODRÍA AYUDAR...
...TRANSFORMÁNDOME EN UN ANIMAL CAPAZ DE PASAR DESAPERCIBIDO Y DE MOVERSE CON LIBERTAD.
AL MENOS, QUIERO INTENTARLO.
TODO EL MUNDO IGUAL...
¿TANTAS GANAS TENÉIS DE AYUDAR?

¿Para qué tanto esfuerzo?
Dejádmelo a mí.
¿Cómo dices?
No, nada.
¡Si tu objetivo es ayudar a Nico, no puedo negarme!
Yo te cubro. Empieza de una vez.
¡Gracias!
¡Vamos allá!
Fíjate en el halcón. Grábatelo en la retina.

EL HALCÓN...
Hmmm...
EL HALCÓN...
SÍ, ESO ES, CONCÉN-TRATE.
AHÍ LO TENGO.
¡ME VEO CAPAZ DE CONSE-GUIRLO!
FUOOO
EH, GUAPA, ¿TE LLEVO A VER A LOS LOBOS?
¡¿PERO QUÉ HACES?!
ZAS
FIS
¡AH...!
POF

ザワ BLA
ザワ BLA
ザワ BLA
ワイ BLA
ワイ BLA
ザワ BLA
¿Eh? ¿Qué hay ahí?
Una chica disfrazada de Las chicas zorro.
¿Del videojuego?
Ay, pero qué mona.
ワイ BLA
Es Shiny, la chica zorro más tímida de todas.
Pues va idéntica.
ワイ BLA
Por favor... Dejad de mirarme...
ドキ TUTUM
ドキ TUTUM
Pe... pero... ¿Qué ha pasado?
ドキ TUTUM
ワイ BLA
Es adorable, la cola hasta parece de verdad.
Y se sonroja igual, lo clava.
Shiny, ahora mira hacia aquí, por favor.
¿¡Shiny!?

¡¿POR QUÉ NO HAS HECHO NADA?!
A VER, QUE LO DE CONVERTIRTE EN ZORRA HA SIDO COSA TUYA.
¡NO HA SIDO A PROPÓSITO!
¡Ni siquiera conozco el juego!
¡SOLO HA DADO LA CASUALIDAD DE QUE HASTA LA ROPA SE PARECÍA!
La chica zorro Shiny.
ENTONCES, ¿TAMBIÉN ERES CAPAZ DE TRANSFORMARTE A MEDIAS? SUENA TODAVÍA MÁS DIFÍCIL.
ES LA PRIMERA VEZ QUE ME PASA. DUDO QUE VUELVA A DARSE EL CASO...
EN FIN, HAZ EL FAVOR DE DEJAR DE DISTRAERTE.
GRRR
GRRR
UN HOMBRE LOBO YENDO A POR LA PRIMERA CHICA QUE SE LE PONE DELANTE... YA HAY QUE SER VULGAR.
A MÍ NO ME ECHES LA CULPA DE TU INCAPACIDAD PARA CENTRARTE.
AL PRINCIPIO ME PARECIÓ QUE SÍ ESTABA FUNCIONANDO.
NO PASA NADA.
A LA PRÓXIMA ME SALDRÁ.

¿ESTÁ CLARO? ASÍ QUE PONTE A MONTAR GUARDIA.
¡AHORA NO HAY NADIE!
EL HALCÓN... EL HALCÓN...
HMMM...
♪ ピンポン
DING DONG
パンポン
DANG DONG
EL HAL-CÓN...
¡HOLA, SARDINILLAS! ¿NO OS *ESCA-MABA* LLEVAR TANTO TIEMPO SIN NOTICIAS NUESTRAS? ¿*CARPASAO* AQUÍ?
EL HAL-CÓN...
...
BUENO, PELILLOS A LA MAR, QUE YA ESTAMOS DE VUELTA. ¿OS GUSTA EL BONITO? PORQUE, PARA BONITO, ¡NUESTRO ESPEC-TÁCULO MARINO! ¿NO OS PICA LA CURIOSIDAD?
¡VENID A EMPAPAROS DE DIVERSIÓN! ¡AQUÍ OS ESPE-RAMOS! ¡CHAO, *PESCAO*!
...
ポン
POF
PESCAO...

CHAAAN
¡¿Pero a ti qué te pasa?! ¡Céntrate!
Oye, ¡qué pasada, ¿no?! ¡Creo que tienes talento para lo de transformarte a medias!
No puedo...
...más.
¡¿Una sirena?!
A... gua...
¡Hostia, que es mitad pez! ¡Esta la palma!
¡Mierda!
¡Si te meto en el agua, lo arreglo, ¿no?!
¿Me está...?
¿...llevando en brazos...?
TAP
TAP
TAP
TAP
TAP

LAS ESCAMAS DE MI CUERPO
DE NEMU MIYAO
NO PUEDO CAMINAR, MAS VIAJO POR EL CIELO. SOY AHORA UN SER DEL MAR, PERO EN TUS BRAZOS VUELO. TAL ES LA FANTASÍA QUE COLMA MI ALMA PLENA: QUE TÚ, UN LOBO FEROZ SACIES EL HAMBRE ATROZ DE AMOR DE ESTA SIRENA Y CALMES MI AGONÍA.
¡DÉJATE DE POEMAS!
¡Uaaah!
¡Y AHORA, EL GRAN SALTO DE DON, EL LEÓN MARINO!

BLA
SPLAAASH
¡UN APLAUSO PARA ESTE SUPERSALTO SINCRONIZADO CON EL DE UNA SIRENA! ¡¿UNA SIRENA?!
ザワ BLA
BLA ザワ
*水生物館
¡¿POR QUÉ ME HAS LLEVADO AL ESPECTÁCULO DEL LEÓN MARINO?!
* Espectáculos marinos
LAS ÚNICAS PISCINAS QUE HABÍA CERCA EN LAS QUE CUPIERAS ERAN LA DEL LEÓN MARINO Y LA DE LOS HIPOPÓTAMOS.
Y LOS HIPOPÓTAMOS SON UNOS SALVAJES, MUCHO CUIDADO CON ELLOS.
かあああ FLUUUS
¡PERO NO ME LANCES ASÍ AL AGUA!
¡NO HABÍA DADO SEMEJANTE SALTO EN LA VIDA!
¡NO ME VENGAS CON QUEJAS! ¡DE NO SER POR MÍ, AHORA SERÍAS PESCADO SECO!
YA... GRACIAS...
SOY UN DESASTRE...
NO DOY UNA.

OYE... ¿HEMOS PERDIDO A KOJIRÔ?
ME HABRÍA GUSTADO VERLO.
VAMOS, TIENE QUE VOLVER AL HOSPITAL.
MUY BIEN.
ESE SEÑOR...
OJALÁ HUBIERA PODIDO ACARICIARLO UNA ÚLTIMA VEZ ANTES DE QUE NOS DEJASE.
FUE EL PRIMER CACHORRO DE TIGRE AL QUE CRIE.
TODAVÍA ME ACUERDO DE LO SUAVE QUE ERA CUANDO LO COGÍA PARA DARLE EL BIBERÓN.
...SE HIZO CARGO DE MÍ CUANDO ERA PEQUEÑA, UNA VEZ QUE ESTABA LLORANDO PORQUE ME HABÍA PERDIDO. EN AQUEL ENTONCES ERA EL DIRECTOR DEL ZOO.

トラの赤ちゃん
公開中
SI QUIERE VER CACHORROS DE TIGRE, SÍ QUE TENEMOS, AUNQUE NO SE PUEDEN TOCAR.
* Cachorros de tigre
¡OOOH!
¡KOJIRÔ!
ERES KOJIRÔ, ¿VERDAD?

¡EH, TÚ! ¡¿HAS SACADO A UNO DE LOS CACHORROS DEL FOSO DE LOS TIGRES?!
NO.
¿NO SERÁ ESTO MÁS BIEN COSA DE MAGIA?
ES COMO SI HUBIERAS HECHO BAJAR A KOJIRÔ DEL MISMO CIELO PARA VISITARME.
VUELVO A SENTIR LO QUE ES TENERLO EN BRA-ZOS.
NO SÉ QUIÉN ERES, PERO QUIERO DARTE LAS GRACIAS.
NO ES COSA MÍA.
PERO DÉ LAS GRACIAS, SI QUIERE, QUE EL MENSAJE LLEGARÁ.
...
SÍ... GRACIAS.
AHORA YA NO ME QUEDA NADA PENDIENTE.
GRA-CIAS...

Has estado perfecta.
Lo único que necesitas es no tener distracciones, ¿ves?
No es tan sencillo.
Pero lo he conseguido.
Mientras...
...el objetivo sea ayudar a alguien...
Bueno, yo me largo.
Le he dejado una nota a Keigo.
¡¿Qué?!
Tranquila, que de la magia no le he escrito nada.
Gracias por ayudarme.
Vaya mierda de día ha sido. Un muermo.
FOAAASH
Deberías contárselo en algún momento.
Cuando te veas capaz.

* Salida

SÍ.
¡¿EH...?!
AH, DEBO DE HABERME...
TE HE ENSEÑADO UNA LUNA CRECIENTE.
PERDÓN... POR HABERTE ENGAÑADO.
TENÍA QUE HABLAR CON WOLF.
YA...

HA DICHO QUE TE HABÍA DEJADO UN RESUMEN DEL DÍA ESCRITO EN EL MÓVIL.
SÍ, COMO YO LUEGO NO ME ACUERDO DE LAS COSAS...
...ME LO PROMETIÓ.
ME HA AYUDADO MUCHO HOY. GRACIAS.
PERO SI YO NO HE...
...HECHO NADA.
QUERÍA SER UN HALCÓN, PERO LA LIO Y ACABÓ DE CHICA ZORRO.
ACTUÓ DE SIRENA EN EL ES-PECTÁCULO DEL LEÓN MARINO.
CUANDO SE HIZO PASAR POR KOJIRÔ, EL VIEJO LE DIO LAS GRACIAS.
NO ENTIENDO NI UNA PALA-BRA...

¿EN UN SALÓN DE BODAS?
ES DONDE TRABAJO YO NORMALMENTE, PERO AHORA MISMO HACEN FALTA MÁS MANOS.
Y TÚ ESTE MES VUELVES A ESTAR PELADO, NO HAS PODIDO PAGAR TU PARTE DE LOS GASTOS Y MORIHITO TE HA QUERIDO COLGAR, ¿NO, KAN?
¿QUIÉN TE HA CONTADO ESO?
SÍ, DE HECHO, ME HA CAÍDO UNA BUENA.
¿ME AYUDAS EL PRÓXIMO DOMINGO, ENTONCES?
ES QUE EL DOMINGO TENGO QUE TRABAJAR EN LA FUNERARIA KIKUKADÔ.
¿QUÉ? ¿EN UN FUNERAL?
ES JUSTO EL TRABAJO CONTRARIO, ¿NO?
¡QUÉ VA, PARA NADA!
LAS BODAS Y LOS FUNERALES SON LAS DOS CARAS DE UNA MISMA MONEDA.
SI CONOCES LA ETIQUETA DE LAS CEREMONIAS, ERES EL CANDIDATO PERFECTO.

✦94 El diario de trabajo a tiempo parcial de Kanshi: una boda y un funeral

SALÓN DE BODAS EDEN GARDEN.
MUY BIEN, KAZAMATSURI. KURAMOCHI TE ENSEÑARÁ LO QUE DEBES HACER.
Nico le ha teñido el pelo de negro con un hechizo.
¡SÍ!
OYE...
¿Y ESE PÁJARO QUE LLEVAS EN EL HOMBRO?
¿EH?
¡AH!
ES UNA CACATÚA NINFA. SE LLAMA CHEEK.
¡ME DA IGUAL CÓMO SE LLAME! ¡¿POR QUÉ VAS CON UN PÁJARO?!
MIENTRAS CHEEK ESTÉ CONTIGO, SEGUIRÉ PUDIENDO TELETRANSPORTARTE AUNQUE TE TENGA LEJOS.
¡EN FIN, ASEGÚRATE DE QUE NO MOLESTE A NUESTROS CLIENTES! ¡NADIE DEL EQUIPO LLEVA UN PÁJARO AL HOMBRO!
¡SÍ!
¡ESA ES LA ACTITUD!

MOMOCHI, MÁNDAME UN MOMENTO A LA FUNERARIA, QUE VAN A PASAR LISTA.
VALE, TRABAJA UN RATO ALLÍ Y YA TE HARÉ VENIR CUANDO NOS HAGA FALTA.
SHUM
FUNERARIA KIKUKADÔ.
MUTÔ.
SÍ.
KAZA-MATSURI.
CHAS
¡SÍ!
ESA ES LA ACTITUD.
¿EH? OYE... ¿LLE-VAS COR-BATA BLAN-CA?
¡AH!
FLIP
NO.
¡¿CÓMO HAS HECHO ESO?!

NO PUEDO OLVIDARME DE GIRAR LA CORBATA CADA VEZ QUE ME TELETRANSPORTE.
Corbata para todas las ocasiones ceremoniales. Se la ha hecho Morihito.
FLIS
FLIS
TÚ TE ENCARGARÁS DE LA RECEPCIÓN. RECOGE LOS REGALOS FUNERARIOS Y ANOTA LOS NOMBRES Y LAS DIRECCIONES EN EL LIBRO DE VISITAS.
¿ESTÁ CLARO?
¡SÍ!
SALÓN DE BODAS
YA VEO. O SEA QUE HA FALLADO LA PERSONA QUE SE IBA A ENCARGAR DE LA RECEPCIÓN.
NOS HACEMOS CARGO. ENVIARÉ A ALGUIEN DEL SALÓN.
¡KURAMOCHI!
OCÚPATE DE LA RECEPCIÓN, POR FAVOR. SE ESTÁ CONCENTRANDO MUCHA GENTE, ASÍ QUE BUSCA A ALGUIEN QUE TE AYUDE.
¡ENTENDIDO! ¡AHORA MISMO LLAMO A ALGUIEN!

KAN, POR FAVOR.
BLIP
SHUM
受付*
* Recepción
CHAS
GUARDAREMOS AQUÍ SU REGALO FUNERARIO.
¡¿QUÉEEE?!
BLA
CO... ¡¿CÓMO QUE FUNERARIO?!
¡AH!
UF...
NO LLEVA LA MISMA CORBATA QUE EL RESTO DE LA PLANTILLA.
FUIS
MIS DISCULPAS.
¡¿CÓMO HAS HECHO ESO?!

¡NO ME TELE-TRANS-PORTES SIN AVISAR!
¡¿NO VES QUE VENGO DE UN AMBIEN-TE Y DE UN PROTOCOLO DIFEREN-TES?!
ES QUE NO SÉ LO QUE ESTÁ PASANDO EN LA FUNERA-RIA...
BUENO, DA IGUAL. AHORA MIS-MO TAMPOCO TENÍA MUCHO QUE HACER ALLÍ. ME QUE-DARÉ TRABA-JANDO AQUÍ UN RATO.
GRACIAS.
TAC
PAT
TAC
PAT
ES MUY TRABAJA-DOR.
SÍ.
GENIAL, KAN. HAS TRABAJADO EN TANTOS SITIOS QUE TE ADAPTAS EN UN MO-MENTO.
CON TUS GRANDES DOTES SOCIALES, SABES HACER REÍR A LAS MESAS A LAS QUE ATIENDES.
¡Ja, ja!
BUENO, VIENDO QUE AQUÍ LA COSA SE HA CALMADO, TE DEVUELVO UN RATO A LA FUNERARIA.
SHUM
DESDE LUEGO, LA NOVIA ESTÁ PRECIOSA Y...

* N.D.T.: La mortaja tradicional japonesa es un kimono blanco.

¡KURA-MOCHI, PREPARA LAS VELAS DE LOS CENTROS DE MESA!
¡SÍ!
¡KAZA-MATSURI, PREPARA EL INCIEN-SO!
¡SÍ!
AQUÍ TIENEN SU VELA.
POC
TAP
TAP
¡BUF, NOS HACE FALTA MÁS GENTE! ¡LO SIENTO, KAN, TE NECESITAMOS UN MOMENTO!
POM
SHUM

AQUÍ TIENEN.
¡¿ESTE ES NUESTRO CENTRO DE MESA?!
POC
¿EH? ¿INCIEN-SO?
¡MO-MO-CHIII...!
BLA
¿EN UNA BODA?
¡YA ESTÁN TODAS LAS VELAS ARO-MÁTICAS EN LAS MESAS!
AL ENCENDER-LAS, PODRÁN DISFRUTAR DE UN AMBIENTE DULCE Y CON-FORTANTE.
¿SE SUPONE QUE EL AROMA ES DULCE? ¡ESTA ES LA ÚNICA MESA CON UN CENTRO DIFERENTE!
¡A CONTINUACIÓN, LA NOVIA Y EL NOVIO PASARÁN POR CADA MESA A ENCENDER LAS VELAS!
FLUS
FLUS
FLUS
¿QUÉ PASA EN ESTA MESA?

* Familia Matsushita / Familia Kuramoto / Salón del banquete de bodas

TOMA, MOMOCHI, ENCÁRGATE TÚ DE PONERLO.
EN EL FUNERAL TAMBIÉN HAY QUE PROYECTAR UN VÍDEO.
ES UN MENSAJE QUE GRABÓ EL FALLECIDO ANTES DE MORIR.
YO VOY PARA ALLÁ.
VALE.
...
ESTÁ TODO EN ORDEN... ¿NO?
AHORA, POR FAVOR, PRESTEN ATENCIÓN A LA PANTALLA.
WeddingMessage
¡TENEMOS UNA SORPRESA! ¡ALGUIEN HA PREPARADO UN MENSAJE PARA NUESTRA FELIZ PAREJA!
CHAN

¿HM...?
¿SERÁ SU ABUELO?
SUPON-GO QUE SERÁ SU ABUELO.
PAAAF
¡ESTE NO ERA!
SI ESTÁIS VIENDO ESTE VÍDEO...
...ESO QUIERE DECIR QUE YO YA NO ESTOY EN ESTE MUNDO.
¡¿CÓMO?!
BLA
¡¿PERO QUÉ ES ESTO?!
BLA
BUENO, A VER... ¡JA, JA! NO QUIERO PONERME DRAMÁTICO, ASÍ QUE OS VOY A PEDIR QUE ME ESCUCHÉIS CON UNA SONRISA.
NO SÉ SI SERÁ MUCHO PRETEN-DER...
¿ES EL ABUELO DEL NOVIO?
¿HA FALLECI-DO?
BLA

TENDRÉIS QUE DISCULPARME...
...PERO SI ESTOY GRABANDO ESTE VÍDEO ES PORQUE QUIERO DAR LAS GRACIAS A MI ESPOSA.
LLEGADO EL MOMENTO DE DEJAR ESTE MUNDO, ME MARCHARÉ SIN NADA QUE LAMENTAR.
Y SI PIENSO DE ESA MANERA ES GRACIAS A ELLA.
ÚLTIMAMENTE ME HA DADO POR ECHAR LA VISTA ATRÁS.
A CUANDO NOS PELEAMOS EN NUESTRA LUNA DE MIEL...
A CUANDO ME FUE MAL EL NEGOCIO Y SE MANTUVO A MI LADO...
AL DÍA EN QUE NACIÓ NUESTRO PRIMER BEBÉ Y SE NOS SALTARON LAS LÁGRIMAS AL SOSTENERLO EN BRAZOS...
ME HA DADO UNA VIDA PLENA Y FELIZ, MEJOR DE LO QUE MERECÍA.

CUANDO NOS DEJÓ FUE TAN REPENTINO QUE NO TUVE LA OCASIÓN DE AGRADECÉR-SELO...
...POR ESO HOY QUERÍA DEJAR ESTO GRABADO.
HAY QUIEN DICE QUE LA VIDA ACABA CON EL MATRI-MONIO...
...PERO A MÍ ESA UNIÓN ME BRINDÓ MIS AÑOS MÁS FELICES.
¡MU-CHAS GRA-CIAS!
¡CARIÑO, PRONTO ME REUNIRÉ CONTIGO...! ¡VOLVEREMOS A VIAJAR DE LA MANO!
Snif...
Snif...
パチ CLAP
パチ CLAP
パチ CLAP
パチ CLAP
パチ CLAP
BUF... NO ME ESPERABA PARA NADA ESTA SOR-PRESA.
¡ME TOMARÉ MUY EN SERIO ESTE MENSAJE! ¡MUCHÍSIMAS GRACIAS!
¡Uaaaah!
¿QUÉ?

FUNERARIA
HOY ESTOY AQUÍ...
パァァァ
CHAAAN
¡...PARA OFRECEROS MIS CONDO-LENCIAS!
EN FIN, ES LO QUE SE SUELE DECIR, ¿NO? QUE CON ESTO SE ACABA LA VIDA.
¡POR ALGÚN MILAGRO ABSURDO DEL DESTINO, EL HUMOR ÁCIDO DEL CÓMICO ENCAJA CON EL FUNERAL!
ドキ TUTUM
ドキ TUTUM
ドキ TUTUM
AQUÍ ESTÁ EL SEÑOR PROTAGONISTA DEL DÍA, ¿NO? TENGO ENTENDIDO QUE SIEMPRE HA APRECIADO MI HUMOR. MUCHAS GRACIAS.
LE ENCANTABA VERLO POR LA TELE. QUÉ SOR-PRESA QUE LE HAYA MANDADO UN MEN-SAJE...
¡ESTO ES UN MILAGRO TRAS OTRO!

DADO QUE SOY CÓMICO, ESPERO QUE ME PERMITAN QUE NO ME CORTE.
¡QUERIDO AMIGO! ¡ACEPTA QUE LO TUYO YA NO TIENE REMEDIO! ¡ESTÁS CON UN PIE EN LA TUMBA!
¡Ja, ja, ja!
YA QUE SOLO PASARÁS POR ESTA CEREMONIA UNA VEZ EN LA VIDA, ¡HAY QUE INTENTAR QUE SEA LO MÁS DIVERTIDA POSIBLE! PORQUE NO SE TE OCURRIRÁ REPETIR, ¿NO?
¡Jua, ja, ja, ja, ja!
EL ABUELO TENÍA MUCHO SENTIDO DEL HUMOR.
ME ALEGRO DE QUE ESTE FUNERAL NO HAYA SIDO TODO LLANTO. MUCHAS GRACIAS.
DESDE LUEGO, LAS BODAS Y LOS FUNERALES SON LAS DOS CARAS DE UNA MISMA MONEDA.
¿QUÉ?

Lo cierto es que nos confundimos de vídeo.
¡Lo lamentamos muchísimo!
No pasa nada. Al final, nos ha emocionado.
Muchas gracias por vuestro trabajo.
Muchas felicidades por su enlace.
Sí, sí. Y hablando de felicitaciones...
...Hay que felicitar a *Witch Watch* por llevar ya dos años en publicación.
¡¿Y tú se puede saber quién eres?!
¡¿Eh...?! ¡¿Qué?! ¿Wi...? ¿Cómo has dicho?
POC
¡Ay, que me voy de la lengua!

EN ESTA SERIE NO SE HACEN COMENTARIOS META, ¿NO?
¡Este universo tiene sus propias normas!
¿PERO DE QUÉ HABLAS?
¡DE NADA, NO ME HAGÁIS CASO!
¡Ja, ja, ja!
¡FELICIDADES, KURA!
¡¿PERO ESTA DE DÓNDE HA SALIDO?!
AH, HIMEKO. ¿VAMOS JUNTAS A LA FIESTA POST-BODA?
LO SIENTO, ROMAN, PERO YO NO PUEDO.
MAÑANA EMPIEZO A TRABAJAR EN UN INSTITUTO PARA CUBRIR UNA SUSTITUCIÓN.
O SEA, QUE VAS A HACER UN CROSSOVER.
¿QUÉ? ¿DE QUÉ HABLAS?
EN FIN...
¿CÓMO SERÁ ESE INSTITUTO?

Kura
Yabasawa
Enigman
Dante
Shimada
La capitana
Roman
Yagi

✦95

El Instituto Asunaro...
FELICIDADES A Tôgo Chôno, por la victoria en 100 m mariposa en el Torneo interescolar de natación para debutantes.
FELICIDADES A Satoshi Hôji, por el 2.° puesto en 400 m crol en el Torneo interescolar de natación para debutantes.
FELICIDADES A Hanatarô Yao, por la victoria individual masculina en la fase clasificatoria del Torneo nacional interescolar de tiro con arco.
FELICIDADES Al equipo femenino, por el 3.er puesto en la fase clasificatoria del Torneo nacional interescolar de tiro con arco.
FELICIDADES Al club de fotografía, por el premio a la excelencia en la Exposición de fotografía escolar de la región de Kantô.
FELICIDADES Al coro del instituto, por su participación en el concurso nacional de coros escolares.
¡Ooooh! Pues sí que hay talento en este centro.
Todo el mundo parece muy aplicado.
Ah, no, veo que también hay idiotas.
Eso está muy bien.
Tiene que haber un poco de todo.

✦95 *DUET DANCE* (1ª parte)

COLECCIÓN DE ILUSTRACIONES

¿HM?
¿Y ESA QUIÉN SERÁ?
AH, ES VERDAD...
LA TUTORA ESTÁ DE BAJA POR APENDICITIS. POR LO VISTO, ESA ES SU SUSTITUTA.
AH, ¿SÍ?
DE VERDAD QUE NO NOS ESTÁBAMOS METIENDO CON ÉL.
¿NO? Y ENTONCES, ¿YO QUÉ HE VISTO?
Qué profe más guapa...
PUES NO SÉ, TE LO HABRÁS IMAGINADO.
VAYA, YA VEO QUE SOIS UNOS BRA-VUCONES.
CRAC CRAC
Espera, ¿qué vas a hacer?
UNA PROFE NO PUEDE RECURRIR A LA VIO-LENCIA, ¿NO?

¿CÓMO? ¡NO SÉ DE QUÉ ME HABLAS! ¿REFUERZO POSITIVO? ¿MANTENERSE ACORDE A LOS TIEMPOS? ¡LO QUE NECESITÁIS LOS MACARRAS COMO VOSOTROS ES UNA BUENA HOSTIA A TIEMPO!
¡UAAAH! ¡ESTA PROFE SÍ QUE ES CHUNGA!
PLAS
PLAS
PLAS
FUM
FUM
1年3組*
* 1.º Grupo 3
ASÍ PUES...
...YO SERÉ LA SUSTITUTA DE LA PROFESORA MAKUWA.
¡ME LLAMO HIME ONIZUKA!
CHAN

¡AAAH!
TENGO 30 AÑOS Y ADORO LA PAZ Y AL ALUMNADO.
¡ESPERO QUE PASEMOS UNA MUY BUENA SEMANA!
QUÉ SONRISA RESPLANDECIENTE DESPUÉS DE LO DE ANTES...
CLAP
CLAP
CLAP
CLAP
CLAP
CLAP
¡UNA PREGUNTA, PROFE! ¿TÚ TAMBIÉN ESTUDIASTE EN NUESTRO INSTITUTO?
NO, ESTUDIÉ EN EL INSTITUTO KAIMEI.
ERA UN CENTRO DE MUCHO CUIDADO.
TENÍAMOS DESDE SAMURÁIS HASTA OBSESOS DEL VISUAL KEI, PASANDO POR ASPIRANTES A AUTORAS DE MANGA SHÔJO Y OCULTISTAS.
CON TANTO IDIOTA SUELTO, LA VIDA NO ERA FÁCIL.
AUNQUE YO TAMBIÉN ME PASABA EL DÍA RIENDO, COMO UNA IDIOTA MÁS.

¡Ante todo, tenéis que disfrutar de la juventud!
Da igual si os gusta relacionaros con todo el mundo o tenéis un carácter más bien reservado.
¡Divertíos tanto como podáis!
¿Y este discur-so?
¡Jua, ja, ja!
Me gusta esta profe.
¡Venga, profe, otra pre-gunta!
¿Estás casada?
¿Y a ti eso qué te importa?
¡Se le ha borrado el buen humor de golpe!
¡Eso es meterse en mi vida privada!
¡¿Cómo se te ocurre preguntarle eso a una mujer a la que acabas de conocer?!
¡A ver si nos mante-nemos un poco acordes a los tiempos!
BLA
¿Eh? ¿Pero no ha dicho antes que pasaba de ese rollo o algo así?
BLA
BLA

UGH... PUES SÍ, HABLANDO DE BODAS, ¿SE PUEDE SABER QUÉ TIENE ESE PALURDO EN LA CABEZA? YA ME GUSTARÍA A MÍ SABERLO... A VER SI SE PONE LAS PILAS DE UNA VEZ.
ME PARECE QUE HAS IDO A DAR CON UN TEMA SENSIBLE.
¡¿CÓMO HAS DICHO?!
¡IIH!
FIM
RIIIC
¡AH!
¡SE ME HA DESGARRADO LA CHAQUETA!
CHAAAS
¡MAJO RECOVERY, RESTITUCIÓN EMBRUJADA!
YA ESTÁ, COMO NUEVA.
¡¿QUÉ ACABAS DE HACER?!
¡HALA, ES VERDAD!
LA HE ARREGLADO SACRIFICANDO MI GOMA DE BORRAR.
¡¿TE CREES QUE ESO EXPLICA ALGO?!
¿CÓMO LO HAS HECHO?

¡¿Quéee?! ¡¿Una bruja y un demonio?!
He conocido a gente de lo más variopinta, pero esto sí que es una novedad. Alucino...
Pero qué cara tan mona, pareces una muñequita.
A ver, ¿me enseñas cómo haces magia?
Pues sí que está entusiasmada.
Será mejor no decirle nada del *tengu* ni del hombre lobo, que complicaría todavía más las cosas.
Puedo hacerlo, pero con lo torpona que soy, siempre acabo enredando a Moi o a otra gente en algún lío.
Aunque yo lo que quiero es ayudar.
Yo tenía un club con unos amigos precisamente para ayudar a la gente.
Ayudar, ¿eh?
Así me gusta.
Dábamos consejos, resolvíamos entuertos...
Tenemos anécdotas para rato.

¡CUENTA CON MI APOYO, NICO!
ME ENCANTARÍA VERTE CONVERTIDA EN UNA BRUJA CAPAZ DE AYUDAR A LA GENTE.
¡GRACIAS!
ESTA CLASE ES MUY ANIMADA, ¿EH?
AUNQUE VEO QUE FALTA ALGUIEN.
¿EH? ¿ESTA CHICA, MIKI, FALTA TODOS LOS DÍAS?
1.º Grupo 3
LLEVA MÁS DE UN MES SIN VENIR. ¿QUÉ LE PASA?
BUENO... ES COMPLICADO.
SE HA ENCERRADO EN CASA.
¿QUE SE HA ENCERRADO...?

¡MIKI!!
PLAC

TODA LA CLASE NOS TURNAMOS PARA VENIR A VERLA, PERO NUNCA NOS ABRE LA PUERTA.
Y TAMPOCO COGE EL TELÉFONO.
LA HEMOS VISTO ASOMARSE MUCHAS VECES A MIRAR EL INSTITUTO, COMO AHORA, PERO CUANDO LA LLAMAMOS, NUNCA RESPONDE.
¿Y DEJÓ DE VENIR POR EL INCIDENTE AQUEL DEL FESTIVAL CULTURAL?
SÍ.
NUESTRA CLASE ORGANIZÓ UN CAFÉ EMBRUJADO; HABÍA QUIEN FLOTABA EN EL AIRE Y QUIEN ATRAVESABA LAS PAREDES.
MIKI SE ENCARGABA DE PUBLICITARLO Y SACÓ FOTOS PARA SUBIR A INTERNET.
EN UNA DE ELLAS PARECÍA QUE ESTUVIERA SUBIDA A UNA ENCIMERA Y EMPEZARON A LLEGARLE UN MONTÓN DE COMENTARIOS PONIÉNDOLA A CALDO.
EL CENTRO RECIBIÓ UNA AVALANCHA DE QUEJAS POR SUPUESTA FALTA DE HIGIENE...
...Y COMO NO HABÍA FORMA DE ACLARAR PÚBLICAMENTE QUE ERA COSA DE MAGIA, EL INSTITUTO DECIDIÓ CERRARNOS EL CAFÉ POCO DESPUÉS DE LA CEREMONIA DE INAUGURACIÓN.

Y ella dejó de ir a clase porque se sentía responsable, ¿no?
Aunque tampoco es que fuera culpa suya.
En clase pensamos igual. Nadie le guarda rencor.
Pero la cuestión es que nos obligaron a cerrar el café...
...y justo después del evento sí había gente que estaba molesta.
No me extrañaría que creyera que la odiamos.
En fin... y mientras pasaba todo esto...
...Tú y yo estábamos haciendo el ridículo con un dúo cómico.
¡No me lo recuerdes!

* *Extracto de Duke*, de Kaori Ekuni.

¿Cómo es que tenéis tanto interés en saber de magia negra?
Es una larga historia.
Nico, no seas bocazas.
¿Podríamos quedar mañana?
Claro, se lo preguntaré.
¿Estás de coña? O sea, ¿que nos hemos currado todo esto para nada?
¿Quién ha subido esa foto?
¿Cómo se te ocurre?

Buenos días, profe Himeko.
Hola.
Gracias por hacernos compañía ayer hasta tan tarde.
Nos pasamos un buen rato charlando en el restaurante. ¡No había manera de que os fuerais a casa!
¡Ji, ji, ji! Es que lo que Yûki nos estaba contando era muy interesante.
ザワ BLA
ザワ BLA
No está bien visto que una profe salga con sus estudiantes hasta esas horas. No lo vayáis contando por ahí, que me podría meter en un lío, ¿eh?
¿A qué viene tanto alboroto?
Sí, mira, eso de ahí.

AKFCGO
NEHDMW
IYZ1JN
BOU3KH
ASK※MS
NTI7UK
ザワ BLA
ザワ BLA
ザワ BLA
¿QUEE...?
¿...ES ESTO?
ザワ BLA
ザワ BLA

¿HAN ESCRITO LETRAS EN EL REVERSO DE LAS PANCARTAS?
NO, ¿ESTÁN ESCRITAS SOBRE PLACAS ADHESIVAS...?
A, N, I... ANIBAN...
NO LO ENTIENDO.
NICO WAKATSUKI...
SOSPECHO QUE ESTE INCIDENTE TIENE ALGO QUE VER CON LA MAGIA.
ESPERO QUE NO SE TE OCURRA ENTORPECER LA INVESTIGACIÓN.
¡UN MOMENTO! ¿SABES SIQUIERA CUÁNDO HA PASADO ESTO O SI HAY TESTIGOS?
W N H S
SEGÚN EL GUARDIA DE SEGURIDAD, EL ACTO VANDÁLICO SE PRODUJO EN EL BREVE LAPSO DE MEDIA HORA ENTRE LAS 20:30 Y LAS 21:00.
CON TAN POCO MARGEN DE OPERACIÓN Y CONSIDERANDO LAS DIMENSIONES DE LOS RÓTULOS, ES IMPOSIBLE NO PENSAR QUE SE TRATA DE MAGIA. POR SUPUESTO, IMAGINO QUE TÚ TAMBIÉN ESTARÁS IMPLICADO, OTOGI.
¡ESPERA!

¡A ESA HORA, NICO Y MORIHITO ESTABAN CONMIGO!
CONQUE TENÉIS COARTADA, ¿EH?
VOY A TENER QUE PEDIRLE QUE PRESTE DECLARACIÓN, PROFESORA.
¡¿PERO TÚ QUIÉN TE CREES QUE ERES PARA HABLARME DE ESA MANERA?!
SIEMPRE ES ASÍ.
CONTINUAREMOS CON LA INVESTIGACIÓN SEGÚN EL PROTOCOLO DEL CONSEJO DE ESTUDIANTES. WAKATSUKI, PRESÉNTATE EN EL AULA DEL CONSEJO EN EL RECREO.
¡OYE, DEJA YA LA POSECITA ESA! ¡¿TIENES LOS DEDOS PEGADOS A LA VISERA O QUÉ?!
SIEMPRE ES ASÍ.
EN EL RECREO...
ESTÁN INTERROGANDO A NICO.
PERO NO PASA NADA: TENEMOS UNA COARTADA INCUESTIONABLE.
¿POR QUÉ LO HABRÁN HECHO?
NO ENTIENDO EL OBJETIVO.
POR MÁS VUELTAS QUE LE DOY, NO SE ME OCURRE QUÉ PUEDEN SER ESAS LETRAS...
¿UN CÓDIGO SECRETO?
AKFCGO
NEHDMW
IYZ1JN
BOU3KH
ASK※MS
UK

SI HAN LLEGADO HASTA TAL EXTREMO...
¿...SERÁ ALGÚN TIPO DE MENSAJE?
youdoga.com/watch/yd32306233
¿ALGUIEN ESTÁ INTENTANDO TRANSMITIR ALGO...?
DECÍAS QUE MIKI, LA CHICA QUE NO VIENE A CLASE, ESTÁ EN EL CLUB DE MISTERIO DEL INSTITUTO, ¿NO?

SCRAMBLE SKET SERVICE
Gracias por su llamada.
Scramble Sket Service, a su servicio.
Pero mira que eres ridículo.
¿A qué viene lo de "Scramble"?
Te estás pasando con tanta "S".
Ah, ¿eres tú?
No me llames al número de la oficina.
Es que es precisamente por un tema de trabajo.
...
Estás haciendo una sustitución en un instituto, ¿no?
Espero que no me endilgues un marrón.
PLIN
Acabo de mandarte una foto. Ha aparecido un mensaje misterioso en la fachada del instituto.
ÑIG
Vamos, un marronazo...

CREO QUE LO HA HECHO UNA CHICA QUE SE HA ENCERRADO EN CASA.
...
VALE, ME OCUPARÉ DEL ASUNTO.
¿TE VES CAPAZ DE RESOLVERLO?
¿SE TE HA OLVIDADO CON QUIÉN ESTÁS HABLANDO?
ME DEDICO A AYUDAR A QUIEN LO NECESITA. SOY BOSSUN, EL HOMBRE CAPAZ DE RESOLVERLO TODO.

SCRAMBLE
SKET
SERVICE

¿LA PRO- FE...?
¿...ESTÁ AL TELÉ- FONO?
POR LA MANERA EN QUE HABLA, DEBE DE SER ALGUIEN A QUIEN CONOCE DESDE HACE TIEMPO...
...Y EN QUIEN CONFÍA MUCHÍ- SIMO.
NO MERECE LA PENA QUE VAYA HASTA AHÍ. LO RESOLVERÉ DESDE EL DES- PACHO.
DAME TODA LA INFORMA- CIÓN QUE TENGAS.
HASTA EL ÚLTIMO DETALLE.
SKET DANCE × WITCH WATCH
✦96 DUET DANCE (2ª parte)

TEC
Vale.
¿Y cómo se llama la chica que no sale de casa?
No. Mejor dame la lista completa de nombres de la clase.
TEC
TEC
¿La chica está en algún club?
Ya tengo suficientes fotos de los letreros, pero quiero de otras cosas.
De la distribución del aula, por ejemplo.
TEC
Y un plano de la zona del instituto.
¿Miki vive cerca?
TEC
Vale, esta es toda la información que tenemos.
Veré si es suficiente.
Sí.
Luego te llamo.

BOS-SUN...
NO ES QUE PRETENDA SEÑALAR A MIKI.
LO QUE QUIERO ES AYUDARLA.
YA LO SÉ.
EN FIN...
QUERÍA TRABAJAR EN ALGO QUE ME PERMITIESE AYUDAR CON CUALQUIER COSA...
...PERO LO ÚNICO QUE ME PIDEN ES QUE BUSQUE GATOS E INVESTIGUE INFIDELI-DADES.
ME ALEGRO DE TENER ALGO DISTINTO POR UNA VEZ.
A VER, ¿DÓNDE LAS HE PUESTO?
AH, AQUÍ ESTÁN.

¡EQUI-
PADO!
FUAAAS

KOZUE MIKI... SUS COMPAÑEROS DE CLASE SE TURNAN PARA HACERLE VISITAS...
DE VEZ EN CUANDO SE QUEDA MIRANDO HACIA EL INSTITUTO.
UN GALIMATÍAS DE CIFRAS Y LETRAS...
¿QUÉ ES? ¿DE VERDAD ES UN CÓDIGO?
FIIIM
ESTÁ EN EL CLUB DE MISTERIO.
SE LE DA BIEN RESOLVER ENIGMAS.
BUSCA UN PATRÓN.
¿QUÉ LETRAS FALTAN?
LA P... LA L... LA Q...
APARTE...
LA UBICACIÓN DE LA CASA DE MIKI Y DEL INSTITUTO...
¿A QUÉ VIENEN LOS NÚMEROS...?
FUOOO

¡PUAH!
AFH..
VALE.
ASÍ QUE ES ESO.
CHAC
BOSSUN, ¿ESTÁS AHÍ?
¡¿OOOH?! ¡SWITCH, ¿CÓMO TÚ POR AQUÍ?!
CUÁNTO TIEMPO.

Me he enterado de que habías abierto una oficina y he traído algo para celebrarlo.
¡Y yo rayándome porque no había manera de que dieras señales de vida!
El trabajo no me deja ni un respiro. Siento que no me haya sobrado tiempo para entretenerte.
¡Tampoco hace falta decirlo así!
Entonces, ¿eres detective?
Ya me gustaría. Más bien, recadero.
A decir verdad, teniendo móvil, la oficina no hace mucha falta...
...Pero quería un sitio donde quedar y hablar en persona con mis clientes.
Se parece al aula del club.
Muy propio de ti.
Es como si fueras incapaz de aceptar que hemos crecido.
¡Tampoco hace falta decirlo así!

VALE.
VALE, ENTENDIDO.
GRACIAS.
Sket Service

ME ALEGRO DE QUE COINCIDA UNA DOBLE TUTORÍA.
ESTA SERÁ MI ÚLTIMA CLASE CON VUESTRO GRUPO...
...Y QUIERO APROVECHAR EL TIEMPO QUE NOS QUEDA PARA QUE HABLEMOS DE UN ASUNTO.
YA SÉ QUIÉN HA COLOCADO ESAS PANCARTAS...
...Y ESTÁ EN ESTA AULA.
¡¿QUÉ...?!
ザワ... BLA
PERO...
PARA EVITAR QUE NADIE TENGA QUE DAR UN PASO AL FRENTE, YO DIRÉ QUIÉN HA SIDO.
ESE MENSAJE EN CLAVE LO HA PUESTO...

...EL GRUPO 3 DE PRIMERO AL COMPLE-TO.
!
SIN RECURRIR A LA MAGIA, ESOS LETREROS TAMBIÉN PODRÍAN COLGARSE SI SE CONTASE CON UN GRUPO NUMEROSO PARA ELLO.
OS HABÉIS COORDINADO PARA HACERLO.
BLA
BLA
AISH...

BLA
¡¿CÓMO LO HA DESCUBIERTO?!
BLA
¡NOS HA PILLADO!
¿QUIÉN SE HA CHIVADO? ¡¿NO DECÍAIS QUE ERA IMPOSIBLE QUE ALGUIEN SE ENTERASE?!
GLUPS
ES CULPA DE OTOGI.
SÍ, FUE ÉL QUIEN LO PROPUSO.
ASÍ QUE FUE COSA TUYA.
O SEA, ¿QUE EN EL RESTAURANTE LO QUE QUERÍAIS ERA GANAR TIEMPO...?
¿...PARA QUE ESTAR CONMIGO OS SIRVIERA DE COARTADA?
LO SIENTO.
SABÍAMOS QUE TODO EL MUNDO PENSARÍA AL MOMENTO QUE HABÍA SIDO COSA DE MAGIA, POR LO QUE, SI NICO TENÍA UNA COARTADA SÓLIDA, NADIE SERÍA CAPAZ DE RESOLVER EL MISTERIO...
¡ME HABÉIS HECHO PASAR HORAS Y HORAS TRAGÁNDOME LA CHAPA DE OCULTISMO DE YUKI...! ¡¿Y NI SIQUIERA OS INTERESABA DE VERDAD?!
BLA
BLA
BLA
BLA
BLA
Anda, qué cosas, cuéntanos más...
¡NO, NO...! DE VERDAD QUERÍAMOS QUE NOS CONTASE TODO LO QUE SUPIERA DE MAGIA NEGRA...

FELICIDADES
Y, ENTRETANTO, EL RESTO DE LA CLASE ESTABA MANOS A LA OBRA, ¿NO?
BUENO... DE LA OPERACIÓN EN SÍ SE OCUPARON UNAS DIEZ PERSONAS.
SOLO TENÍAN QUE PEGAR LAS LETRAS QUE YA HABÍAMOS ESCRITO SOBRE PLACAS ADHESIVAS.
PERO SÍ, ENTRE LA GENTE QUE SE OCUPÓ DE MONTAR GUARDIA, DE LOS PREPARATIVOS Y DEMÁS, TODA LA CLASE ESTUVO IMPLICADA.
Y VUESTRO OBJETIVO...
...ERA MIKI, ¿NO?
SÍ.
KOZUE MIKI, QUE HABÍA DEJADO DE IR A CLASE.
EL GRUPO SE SENTÍA MAL POR DEJAR QUE CARGASE CON TODAS LAS CULPAS...
...Y QUERÍAN QUE VOLVIERA AL INSTITUTO COMO FUERA, PERO ELLA HABÍA CORTADO TODA COMUNICACIÓN.
AL ENCONTRARSE SIN OPCIONES, DECIDIERON BUSCAR, AL MENOS, LA MANERA DE HACERLE LLEGAR UN MENSAJE, Y ESTA FUE LA QUE ENCONTRARON.

DESDE LA CASA DE MIKI SE VE EL INSTITUTO.
ELLA TIENE LA COSTUMBRE DE ASOMARSE A MIRARLO DE VEZ EN CUANDO.
ASÍ QUE DEJARON EN LA FACHADA DEL EDIFICIO UN MENSAJE QUE SOLO ELLA SABRÍA DES-CIFRAR.
¿UN MENSAJE EN CLAVE? ¿Y DE VERDAD SERÍA CAPAZ DE ENTEN-DERLO?
YA LO CREO. LE EN-CANTA EL MIS-TERIO.
ADEMÁS, CUALQUIERA DEL GRUPO 3 DE PRIMER AÑO SE DA-RÍA CUENTA ENSEGUIDA...
...PORQUE ES EL ORDEN DE SUS PU-PITRES EN CLASE.
LOS NOMBRES JAPONESES SOLO USAN ALGUNAS DE LAS LETRAS DEL ABECEDARIO LATINO. POR ESO SE ME ENCENDIÓ LA BOM-BILLA.
SON LAS INICIALES DE SUS APELLI-DOS.
HE COMPARADO UNA FOTO DE LA CLASE CON ALGUNOS DE LOS NOMBRES Y COINCIDEN.
Arisugi
Nakao
Inoue
Baba
Akagi
Koboke
Emori
Yamawaki
Ogasawara
Fuwa
Shippô
Kiyomiya
Magami
Uruse
Wakatsuki
Nonomura
Hariki
Shôji
Kujô

¿Y lo de 13※7?
Un juego de palabras. Esa especie de asterisco es similar al primer carácter del apellido de Arashi Komeran (※).
¿Que comerán qué?
El 1 se corresponde con el primer carácter del apellido de Takashi Isshoku, igual que el 7 del de Ryûta Shippô.
Takashi Isshoku
Para los apellidos que empezaban por el carácter de un número, han utilizado el número en cuestión.
Ryûta Shippô
Lo mismo sucede con el 3 en el apellido de Miki.
"Te guardamos el sitio".
"Siempre habrá un lugar para ti en esta clase. Te esperaremos".
Estoy seguro de que el mensaje...
...le ha llegado.

Al principio pensé que lo había hecho Miki.
Que era una chica herida intentando expresar cómo se sentía... A veces, cuando alguien se encuentra en una situación así...
...Puede llegar a reaccionar de forma extrema.
Pero era justo al contrario.
No era un mensaje de Miki...
...Sino un mensaje de la clase para ella.
No puedo enfadarme por esto.
De hecho...
...Que todo el grupo os hayáis puesto de acuerdo...
...Es conmovedor.
¿Eh? Venga ya.
¿Está llorando?
Ay, no, que voy a llorar yo también.

¡BUAAAAAAH!
¡PROFE, ¿QUÉ TE PASA?!
¡JO, PERDÓN!
¡Uuuh!
¡Buuuh!
¡CON EL PASO DE LOS AÑOS ME ESTOY VOLVIENDO UNA LLORONA!
EN MIS TIEMPOS MOZOS, OCURRIÓ LO MISMO...
HABÍA UN CHICO QUE ERA INCAPAZ DE VENIR AL INSTITUTO...
LO ESTABA PASANDO TAN MAL...
¡Snif!
AL FINAL, DECIDIMOS IR A BUSCARLO...
...Y ACABAMOS CARGÁNDONOS UNA VENTANA PARA OBLIGARLO A SALIR.
¡"EN MIS TIEMPOS MOZOS..."!
¡JA, JA, JA, JA!
¡MIRA, AQUELLA NOCHE ME CORTÉ CON EL CRISTAL Y TODAVÍA SE ME NOTA LA CICATRIZ! ¡JIA, JA, JA!
¡JA, JA, JA, JA, JA, JA, JA!

LA SEMANA HA PASADO VOLANDO...
...PERO LOS RECUERDOS QUE NOS QUEDAN SERÁN INOLVIDABLES.
¡MUCHAS GRACIAS! ¡QUE OS VAYA MUY BIEN!
¡Uaaah!
¡PROFE HIME-KO!
¡VEN A VERNOS ALGUNA VEZ!

¡¿EH?! VENGA YA...
¿Y ESTOS DOS...?
ESPERAMOS QUE NO HAYA SIDO MUY DURO, JEFA.
¡NI QUE ACABASE DE SALIR DE LA CÁRCEL!
QU... ¡¿QUÉ HACÉIS AQUÍ?!
BUENO, COMO SABÍAMOS QUE ERA TU ÚLTIMO DÍA, HEMOS VENIDO A RECOGERTE.
¡MENUDA VERGÜENZA! PERO SI JAMÁS TENÉIS ESTOS DETALLES...
¡VAYA PESTE! ¡A VOSOTROS LO QUE OS PASA ES QUE OS HABÉIS MOTIVADO A VENIR PORQUE VAIS PEDO!
¡PERO SI ESTÁIS COMO CUBAS!
QUÉ VA, NO ES NADA DE ESO, NO, NO, NO. BUENO, UN POCO SÍ.
¡VENGA, ARREANDO! ¡NOS VAMOS A COMER, QUE HACE MUCHÍSIMO QUE NO QUEDAMOS!
¿QUÉ? PERO SI COMIMOS JUNTOS AYER.
¡PERO CON SWITCH NO!

¿NO VEIS QUE HACÍA SIGLOS QUE NO COINCIDÍAMOS LOS TRES?
OJALÁ LA AMISTAD...
...VAYA MÁS ALLÁ DEL TIEMPO...
...Y DEL UNIVERSO...
...PARA LLEGAR...
...A UNA NUEVA VERSIÓN DE TI.
¡¡MIKI!!

97
¡SI NO ME DAIS CARAMELOS, LO VAIS A LAMEN-TAR!
¡Gruar!
...
NICO...
DEJA DE MOLESTAR. SI QUIERES CARAMELOS, CÓMPRATELOS CON TU PAGA.
¡PARECES MI MADRE!
¡QUE NO ES ESO! ¡QUE DENTRO DE NADA VA A SER HALLOWEEN!

¡Mirad! ¿No veis cómo me he currado este disfraz de bruja?
Claro, chicos.
Ya que sois monstruitos, aprovechad y haceros un disfraz que lo deje claro.
¡Eh, eh, sin faltar!
Pues tampoco estás tan distinta.
Para empezar, si una bruja se viste de bruja, ¿puede considerarse un disfraz?
Jo... Sois unos aburridos.
Pues si os vais a poner así...
✦97
MAGIC OR TREAT

¿A dónde ha ido Nico?
Se ha encerrado en su cuarto.
¿Y ha dejado su varita aquí tirada?
Su piedra mágica está casi blanca...
...Gracias a que no ha dejado de esforzarse por ayudar a quien podía.
La mía sigue tirando bastante al azul.
Bueno, pero es que en tu instituto la gente no sabe que eres una bruja. Tú no lo tienes tan fácil, Nemu.
...
Cuanta más experiencia, más blanca se va volviendo, ¿no?
Entonces, ¿Nico ya es una bruja hecha y derecha?
¿Qué pasará cuando se vuelva blanca del todo?
Nada en particular. Es como cuando quitas del coche la placa de conductor novato.
Pues qué rollo.
De todas formas, las brujas deben seguir llevando su piedra consigo.

SIEMPRE CABE LA POSI-BILIDAD DE QUE SE VUELVA NEGRA.
¿NE-GRA...?
COMO YA SABÉIS, LA ACUMULACIÓN DE EMOCIONES NEGATIVAS PUEDE HACER QUE UNA BRUJA SE CONVIERTA EN BRUJA OSCURA.
EL ESTADO DE LA PIEDRA ES EL QUE LO DETERMINA.
A DIFERENCIA DE CUANDO VA PASANDO DEL AZUL AL BLANCO, CUANDO UNA PIEDRA SE VUELVE NEGRA LO HACE DE GOLPE, SIN GRISES.
UN BUEN DÍA, CAMBIA DE REPENTE...
ENTONCES... NO SE PUEDE SABER LO CERCA QUE ESTÁ UNA BRUJA DE CONVERTIRSE EN BRUJA OSCURA, ¿NO?
ESTRICTA-MENTE HABLANDO, SE CONVIERTE EN BRUJA OSCURA EN EL MOMENTO EN QUE UTILIZA POR PRIMERA VEZ UN HECHIZO CON MALAS INTENCIONES DESPUÉS DE QUE SU PIEDRA SE HAYA VUELTO NEGRA.
A PARTIR DE ESE INSTANTE, LA ESENCIA DE SU MAGIA SE TRANSFORMA.
LO QUE DETECTA LA ALERTA ES ESE TIPO DE MAGIA.
¿Y SI LA BRUJA DE LOS MILLARES SE TRANSFORMASE EN UNA BRUJA OSCURA...?

Bueno, es muy poco probable.
La magia oscura se desarrolla cuando se ha acumulado un gran rencor o desesperación a lo largo de un tiempo.
Es algo que se da en condiciones muy concretas.
De todos modos, debemos mantenernos siempre en guardia, por supuesto. Sobre todo, tratándose de una bruja como ella.
Estamos hablando de Nico, no hay de qué preocuparse.
Viviendo con ella, me ha quedado claro que no tiende a dejarse llevar por el rencor o el malestar.
También tiene su faceta infantil, pero sin ninguna malicia, en el fondo.
Ahí donde la veis, en el instituto le cae bien a todo el mundo. A ver, ser así de guapa ayuda, claro.
En fin, que es todo lo contrario a una bruja oscura, vaya.
Así que mucha paz.
¿Se puede saber de qué está tan orgulloso?
Con la maldición, ni se da cuenta de que pone a Nico por las nubes.

VENGA, SEGUNDA PARTE: ¡TACHÁAAN!
JU, JU, JU, JU... OS TRAIGO UN HECHIZO PARA QUE LE PONGÁIS MÁS ENTUSIASMO A HALLOWEEN.
CUANDO YA PARECÍA QUE SE HABÍA ESFUMADO, APARECE OTRA VEZ CON ALGO ENTRE MANOS.
CHAN
¿SIGUES SIN REN-DIRTE?
¡HE EMBRUJADO ESTA MÁSCARA CON UN HECHIZO DE HALLOWEEN! CUANDO ALGUIEN SE LA PONGA...
¡...SE TOMARÁ HALLOWEEN MUY EN SERIO!
¡NO HAY QUIEN TE ENTIEN-DA!
¿CÓMO QUE MUY EN SERIO?
¡VENGA, MOI, PÓNTELA TÚ PRIMERO!
¡PASO DE HECHIZOS ABSURDOS!
ÑUIG
ÑUIG
PÓN-TELA TÚ.
¡UAH!
PLOC
....
GROOO

¡SI NO ME DAIS CARAMELOS, LO VAIS A LAMEN-TAR!
GRUOOOM
¡AHORA SÍ QUE VA EN SERIO!
VA... VALE, ¡YA VEO CÓMO FUNCIONA ESTO! ¡ESTÁ CLARO QUE COMO NO LE DEMOS CARA-MELOS, ALGUIEN VA A ACABAR LLORANDO!
Y SI SE LOS DAMOS, ¿QUÉ PASA?
¡SI ME DAIS CARAMELOS, NO LO VAIS A LAMEN-TAR!
GROOO
¡¿Y ESO EN QUÉ NOS BENEFI-CIA?!
¡VAMOS, QUE EL ROLLO ESE DEL "TRUCO O TRATO" VIENE SIENDO PURA EXTORSIÓN!
A VER, ASÍ ES COMO FUNCIONA ESTO.
ESTÁ PENSADO PARA QUE SOLO SALGAN GANANDO LOS NIÑOS.
¿NO HAY TRATO...?

CHAAAS
¡PUES TRUCO!
BLINK
BLINK
BLINK
FLAP
QU... ¿QUÉ NOS HA HECHO?
¿CUÁL ES EL TRUCO?
FLAP
CAAANC
¡A MORIHITO SE LE HAN QUEDADO PINTAS DE ACTOR DE TEATRO KABUKI!
¡¿EL TRUCO ERA PINTARLE LA CARA?!
CHAAAN
¡AH!

ちょーーん
CHOOOM
¡TÓRNA-
MEEE...!
¡...A MI
ANTIGUO
SEEER!
¡NO ES
SOLO LA CARA,
ES QUE LO HA
CONVERTIDO
EN ACTOR
DE KABUKI!
キュピーーン
FUOOOP
¡A MÍ
ME HA
DEJADO
COMPLE-
TAMENTE
NEGRO!
¡¿QUÉ
CLASE DE
TRUCO ES
ESTE?!
¡¿ERES TÚUU,
MIHARUUU,
LO QUE ANTE
MIS OJOS SE
MUESTRAAA?!
ビョーーン
POOOING
¡A MÍ
ME HA
CONVERTIDO
EL CUERPO EN
UN MUELLE!
¡Y ME HA
DEJADO
CARA DE
LERDO!
¡SOCO-
RRO!
バタ
PAT
バタ
PAT
BUF,
LO TUYO ES
LO PEOR...
ゴゴゴゴ
GROOO
¡EH, UN
MOMENTO!
¿NOS
HA HECHO
ALGO A LOS
CUATRO?
¡KANSHI
ESTÁ COMO
SIEMPRE,
¿NO?!

¡ANDA YA! ¡A MÍ ME HA PUESTO EXPRESIONES VIEJUNAS!
CLAAAN
¡¿PERO QUÉ HECHIZO ES ESTE?!
NO, ESPERA, LO PEOR ES LO TUYO...
¡NICOOO! ¡ESTE ENCANTA-MIENTO HAS DE DESHA-CEEER!
¡ÑEEE! YA TE GUSTARÍA.
¡JUI, JI, JI...! QUÉ DIVER-TIDO ES ESTO.
¡ME VOY A HACER MÁS TRUCOS POR AHÍ!
FIUUUM
¡AAAH...!

¡QUÉ LÍO! ¡CON ESOS TRUCOS, NICO ESTÁ USANDO SU MAGIA PARA HACER COSAS MALAS!
¡SU PIEDRA MÁGICA SE VA A VOLVER NEGRA!
¡AVANTE, MIS TROPAAAS! ¡A LA BATALLA PARTIR Y A ELLA APRESAAAR!
¡Uaaah!
POOOING
BOING
BOING
¡¿QUÉ CLASE DE HALLOWEEN ES ESTE?!
¿LA PÉRFIDA NICO DÓNDE SE HALLA-RÁAA?
ZUM
MIENTRAS NO HAGA NADA MALO, TODO EN ORDEN, ¿NO?
ZUM
PARECEMOS PERSONAJES DE MUSCUL-MAN.
¡ARGH! ¿QUÉ ME PASA?

¡SOLO PUEDO CAMINAR DE LA-DOOO!
BLOOONG
¡SÍ QUE ESTÁ HACIENDO FECHORÍAS!
NICOOO, INFAMEEE, ¿ES ESTO OBRA TUYAAA?
TROM
¡DEBE DE HABER IDO POR ALLÍ!
TROM
¡PERDONA, ENSEGUIDA PODRÁS VOLVER A MOVERTE CON NORMALIDAD!
TROM
¡¿QUÉ ES ESTA COLECCIÓN DE BICHOS RAROS?! ¡YO YA NO QUIERO SABER NADA!
¡EH, PERDÓN!
ESTAMOS BUSCANDO A UNA CHICA QUE LLEVA UNA CALABAZA EN LA CABEZA. ¿HA PASADO POR AQUÍ?
TROM
SÍ QUE LA HE VISTO CON ESA CALABAZA EN LA CABEZA.
TROM
¿POR DÓNDE HA IDO?
SI BIEN RECUERDO, DEBE DE HABER SEGUIDO AQUEL CAMINO.
¡MUCHAS GRACIAS!
POR CIERTO... ¿A TI TE HA HECHO ALGO?

DIRÍA QUE NO. HA PASADO DE LARGO COMO SI NADA.
MENOS MAL.
PARECE QUE TAMPOCO SE ESTÁ DEDICANDO A EMBRUJAR A TODO EL MUNDO QUE SE CRUZA.
¡APRESURAOOOS, MIS VALIENTEEES, A LA CARGAAA!
TROM
TROM
TROM
TROM
POOOING
POOOING
BOING
BOING
¡HABLABA EN MÉTRICA DE HAIKU!
¡SEGURO QUE CON EL HECHIZO QUE LE HA ECHADO SOLO PUEDE HABLAR EN CONJUNTOS DE CINCO, SIETE Y CINCO SÍLABAS!
¡CUAN DELICADA SUTILEZAAA PARA ZAHERIIIR!
¡DESDE LUEGO, ES UN HECHIZO CREATIVO!

Ugh... Por aquí ha pasado, desde luego...
Va provocando el caos a diestro y siniestro.
? ?
Te... Tenemos que detenerla.
CREP
CREP
FUP
!
¡Ah, hemos vuelto a la normalidad! ¡Se ha agotado el efecto del hechizo!
Bueno, no del todo.
FAM
¡Mirad, allí!
CHAN
¡Nico!
No me habéis dado caramelos, así que lo lamentaréis...
¡...Por siempre jamás!

* Todo más barato / Genki Mart

CHAAAN
OOOH...
¡VAMOS DISFRAZADOS, PERO SOMOS DE VERDAD!
¡MIRA, UN VAMPIRO Y UN HOMBRE LOBO AUTÉNTICOS!
¡Y UN TENGU Y UN DEMONIO!
ME DA UN POCO DE VERGÜENZA ESTE DISFRAZ DE DEMONIO JAPONÉS.

¡SON MONS-TRUOS DE VERDAAAD!
ÑIUUUM
¡AHO-RA!
ZUAS
FOP
HM.
ES CARA-MELO.

FOAAAM
¿EH? ¿QUÉ HA PASADO?
FUM
¡SE HA ROTO EL HECHIZOOO!
¡UAGH!
CASI ME DA ALGO...
NO PUEDE SER QUE OS DISFRACÉIS Y OS DEDIQUÉIS A IR DANDO SUSTOS POR AHÍ.
¡ESTATE CALLADITA, MAJA!
MENOS MAL QUE LA PIEDRA SIGUE BLANCA...
SE VE QUE ESE TIPO DE BROMAS NO LE AFECTAN.
PERO HABRÁ QUE TENER MÁS CUIDADO A PARTIR DE AHORA.

PERDÓN. MENUDO DÍA OS HE HECHO PASAR...
NO TE PREOCU-PES.
AUNQUE SEAS UNA CABEZA LOCA, SABEMOS QUE NO TIENES MALA INTENCIÓN.
VENGA, QUE NEMU NOS ESTÁ ESPE-RANDO EN CASA. ¡¿MONTAMOS UNA FIESTA DE HALLOWEEN?!
ワイ BLA
¡BUENA IDEA!
ワイ BLA
¡ANTES TENDRÁS QUE DISCULPARTE CON TODAS LAS PERSONAS A LAS QUE HAS HECHIZADO!
ワイ BLA
VAMOS A BUSCARLAS, QUE DEBEN DE SEGUIR POR LA ZONA.
HALLO-WEEN YA, ¿EH?
OCTUBRE ESTÁ A PUNTO DE ACABAR.
SÍ QUE HA DURADO...
ARMY

Sobre el octubre infinito

En el capítulo 71 fue el cumpleaños de Morihito, es decir, 7 de octubre. Los capítulos de Tempestad otoñal, por su parte, se desarrollaron hacia la segunda quincena del mes, y el eclipse total de luna será el 8 de noviembre. Vaya ritmo frenético...

A ver, podría haber escogido cualquier otro día para el eclipse, pero justo coincidía que en noviembre de 2022 habría un eclipse total de luna y pensé: "¡Oh! Si lo aprovecho, la historia quedará conectada con la realidad y le dará un toque emocionante". Por eso decidí que esa sería la fecha.

No obstante, entre medias me he puesto a dibujar un montón de historias del día a día, con lo que, al final, no me ha quedado otra que estirar como un chicle la segunda quincena de octubre y los primeros días de noviembre. Sé que quienes leéis esta historia aceptáis que el tiempo se desarrolle así en un manga, pero ha llegado a tal punto que hasta a mí se me está haciendo exagerado, así que he creído que no estaría de más explicarlo.

Al leer el guion, mi responsable de edición lo bautizó con mucho entusiasmo como Magical October Days, pero si resulta que os molesta, no hace falta que os toméis al pie de la letra lo de que el eclipse es en noviembre. De hecho, si preferís pasar por alto el orden cronológico y considerar estos capítulos como pequeñas historias que ocurrieron antes, tampoco me importa que las leáis así. Lo que quiero es que os sintáis libres de disfrutar de la historia sin preocuparos por el marco temporal.

✦98

¡El artista más deseado!
¡VAMOS CON LOS RESULTADOS! ¡¿CON QUIÉN DE ESTOS ARTISTAS PREFERIRÍAIS TENER UNA CITA...?!
LO SABREMOS DESPUÉS DE LOS ANUNCIOS.
¡Jua, ja, ja, ja!
CHICOS, ¿ALGUNA VEZ HABÉIS TENIDO UNA CITA?
ピク FLIC
...
ピク FLIC
...
...
...
...
...

...
...
¡DE REPENTE NO SE OYE NI UNA MOSCA!
...
...
98 Date with the Guide
LOS 20 MINUTOS SIGUIENTES FUERON UN SUPLICIO.
SE PUSIERON A DEBATIR SOBRE QUIÉN SERÍA CAPAZ DE ORGANIZAR LA MEJOR CITA...
...Y LOS CUATRO EMPEZARON A INSISTIR CON QUE LA SUYA SERÍA INSU-PERABLE.
ESO ES.
CON ARGUMENTOS COMO "YO SOY EL QUE MEJOR ENTIENDE A LAS CHICAS".

COMO NO ME VI CAPAZ DE DECIRLES QUE NINGUNO TENÍA RAZÓN, NO ME QUEDÓ MÁS REMEDIO QUE ESCUCHAR AQUEL DIÁLOGO DE BESUGOS.
AL FINAL ACABARON LIMITÁNDOSE A ENUMERAR SITIOS A LOS QUE IR EN UNA CITA.
El spa LaQua.
El Museo Ghibli.
...
SÍ.
ESCUCHAR AQUELLO FUE UNA TORTURA.
¡¿SE PUEDE SABER A QUÉ VIENE TANTA SEGURIDAD, MORIHITO?!
¡A QUE SÉ QUE TENGO RAZÓN!
¡Jaaaah!
¡Y LO SUELTA SIN SON-ROJARSE!
¡Aaaagh!
¡¿QUÉ PRUEBAS TIENES?!
¡Jaaaah!
¿QUÉ PELEA ABSURDA ES ESTA...?
¿QUERÉIS PRUEBAS? PUES VALE.
BASTA CON QUE LLEVE A LA PRÁCTICA MI PLAN DE CITA PERFECTA CON UNA CHICA Y ELLA SE LO PASE BIEN.
¡DECIDIDO, NICO! ¡MAÑANA TENDREMOS UNA CITA!
¡¿QUÉEEE?!

AL DÍA SIGUIENTE...
TUTUM
TUTUM
ESTOY TAN NERVIOSA QUE NO HE PEGADO OJO...
EN SERIO, ¿CÓMO HA ACABADO PASANDO ESTO?
AY, PERO QUÉ GANAS.
¿A DÓNDE ME LLEVARÁ?
¿AL PARQUE DE ATRAC-CIONES? ¿DE PÍCNIC?
SIENDO COMO ES MOI, PROBABLEMENTE NO ME CUENTE NADA PARA LUEGO DARME UNAS CUANTAS SORPRESAS.
POR EJEMPLO, UN RAMO DE FLORES, PARA EM-PEZAR.
YA ESTOY LISTO.
JA, JA... EN MIS SUE-ÑOS...
¡AH, VALE!
RAC
NICO...
ANTES DE NADA, TENGO ALGO PARA TI.
TUTUM

TUTUM
TUTUM
TUTUM
TUTUM
¿QUÉ? ¿VAN A CUMPLIRSE MIS FANTASÍAS?
NO, NO, NICO, NO TE ENGAÑES.
MOI NO ME REGALARÍA FLORES, QUE ÉL ES MÁS DE CAJAS DE BOMBONES.
AQUÍ TIENES TODO LO QUE HE CONSEGUIDO ENCAJAR EN EL PROGRAMA DEL DÍA.
PROGRAMA DE LA CITA
¡¿Y MI CAJA DE BOMBONES?!
HE ESTADO HASTA LAS TRES DE LA MAÑANA PREPARÁNDOLO.
¿QUÉ? ¿EL PROGRAMA?
¿PERO DE VERDAD NOS HACE FALTA?
HE INCLUIDO CADA DETALLE DE LO QUE VAMOS A HACER HOY.
Check point
Restaurante Daininki
ADIÓS A LAS SORPRESAS...
13:06 (llegada) Estación de Shunrai 7 minutos a pie
13:13 (llegada) Cine de repertorio
14:50 (partida) 13.25 - 14.40 8 minutos a pie
15:00 (reserva) Cafetería Peace
15:45 (partida) 45 minutos para relajarnos 8 minutos a pie
15:55 (partida) Estación de Shunrai 23 minutos en tren
16:18 (llegada) Estación de Takagaoka
16:32 (partida) Parada de autobús 14 minutos en bus
16:46 (partida) Parada frente al Museo de Ishimori 2 minutos a pie
16:48 (partida) Museo de Ishimori Visita de la exposición 60 minutos Planetario
18:50 (partida) Proyección de 40 minutos 2 minutos a pie
18:56 (partida) Parada frente al Museo de Ishimori 14 minutos en bus
19:10 (llegada) Estación de Takagaike 10 minutos a pie
19:30 (reserva) Restaurante Daininki
21:00 (partida) 90 minutos para cenar 10 minutos a pie
21:12 (partida) Estación de Takagaike 32 minutos en tren
21:44 (llegada) Estación de Risshi 15 minutos a pie
22:00 (llegada)
¡BUAH, ESTOY FLIPANDO! ¡PERO SI HASTA VIENE LA HORA A LA QUE TENEMOS QUE COGER EL TREN!
HABLANDO DE LO CUAL, HAY QUE SALIR YA.
COMO NO NOS DEMOS PRISA, NO LLEGAREMOS A LA RESERVA PARA COMER.
¿HASTA HAS RESERVADO MESA?

Afh
Afh
Afh
AL FINAL, HEMOS CONSEGUIDO LLEGAR.
LA CARTA, POR FAVOR.
NO... NO ES FÁCIL SEGUIRLE EL RITMO A UN DEMONIO CUANDO ECHA A CORRER...
Y EL EJERCICIO NO ES LO MÍO, PRECISAMENTE...
MÁS QUE LA CITA SOÑADA EN UN RESTAURANTE... ME SIENTO COMO SI ESTUVIERA EN UNA CONCENTRACIÓN DEPORTIVA...
YO QUIERO UN GRATINADO.
TARDARÁ UN POCO EN SALIR, ¿NO TE IMPORTA?
NO.
ESPERA... SI CORREMOS EL RIESGO DE QUE TARDE, PIDE MEJOR OTRA COSA.
¡¿ESTÁS DE BROMA?!
¿QUÉ...? ¡TAMPOCO HACE FALTA QUE VAYAMOS CON TANTA PRISA!
TENEMOS QUE LLEGAR A TIEMPO PARA LA PELI.
FÍJATE EN EL PROGRAMA. NO PODEMOS DESPISTARNOS; HAY QUE TENER EN CUENTA EL HORARIO.
UGH... CON TANTO PROGRAMITA, ESTA CITA YA PARECE UNA RUTA GUIADA.

DEMASIADOS PLANES...
ESTÁ CONVENCIDO DE QUE UNA BUENA CITA ES AQUELLA QUE NO TE DEJA NI UN MOMENTO PARA ABURRIRTE.
TANTA SERIEDAD Y SEGURIDAD EN SÍ MISMO SE HAN COMBINADO DE LA PEOR MANERA POSIBLE EN UN HORARIO INFERNAL.
Check point
9 minutos en tren
Estación de Shunrai 7 minutos a pie
Cine de repertorio
13.25 - 14.40 8 minutos a pie
15:00 (reserva) Cafetería Peace
15:45 (partida) 45 minutos para relajarnos 8 minutos a pie
15:55 (partida) Estación de Shunrai 23 minutos en tren
16:18 (llegada) Estación de Takagaoka
16:32 (partida) Parada de autobús 14 minutos en bus
16:46 (partida) Parada frente al Museo de Ishimori
60 minutos Planetario
18:50 (partida) Proyección de 40 minutos 2 minutos a pie
18:56 (partida) Parada frente al Museo de Ishimori 14 minutos en bus
19:10 (llegada) Estación de Takagaike 10 minutos a pie
19:30 (reserva) Restaurante Daininki
21:00 (partida) 90 minutos para cenar 10 minutos a pie
21:12 (partida) Estación de Takagaike 32 minutos en tren
21:44 (llegada) Estación de Risshi 15 minutos a pie
22:00 (llegada)
Y AUN ASÍ SE HA CURRADO HASTA RECOMENDACIONES Y CURIOSIDADES.
NORMAL QUE NO HAYA TERMINADO HASTA LAS TRES DE LA MAÑANA.
Check point
Restaurante Daininki
LA PASTA ESTABA RIQUÍSIMA.
ES QUE ESE SITIO, PIDAS LO QUE PIDAS, ES UN ACIERTO.
TENÍA GANAS DE LLEVARTE UN DÍA.
SI TE HA GUSTADO, ES QUE EL PLAN VA SOBRE RUEDAS.
SIEMPRE ME PILLAN DESPREVENIDA ESOS COMENTARIOS.

QUÉ GANAS ME ESTÁN ENTRANDO DE LLEGAR AL CINE. ¿QUÉ PELI HABRÁ ESCOGIDO?
¿UNA ROMÁNTICA?
¿O UNA DE TERROR, CON LA QUE PUEDA ABRAZARME A ÉL?
¿QUÉ PELI VAMOS A VER?
EL ACORAZADO POTEMKIN.
¡¿CÓMO?!
¿POTE...? ¿EH? ¿QUÉ...? ¿ES UN ANIME DE UN BUQUE DE GUERRA CON CARITA MONA O ALGO ASÍ?
El acorazado Potemkin
ES UNA PELÍCULA SOVIÉTICA EN BLANCO Y NEGRO DE 1925. ME HE ENTERADO DE QUE LA PROYECTABAN EN UN CICLO DE CINE CLÁSICO.
¡¿POR QUÉ TIENE QUE SER TODO TAN SOLEMNE?!
ES DE SOBRA CONOCIDA EN EL MUNDILLO DEL CINE. AUNQUE SEA UNA PELÍCULA PROPAGANDÍSTICA, HA TENIDO UNA GRAN INFLUENCIA EN OBRAS POSTERIORES...
OYE...
YO PREFERIRÍA IR A VER ALGO MÁS LIGERO QUE EL DE LA CORAZA POTENTE. ALGO QUE ME DEJASE MARIPOSAS EN EL ESTÓMAGO...
SE LLAMA EL ACORAZADO POTEMKIN, NO EL DE LA CORAZA POTENTE.
YA TENGO LAS ENTRADAS, ASÍ QUE NO LAS PUEDO CAMBIAR.
EL PLAN VA SOBRE RUEDAS.
Cine de repertorio
13:25 - 14:40
El acorazado Potemkin
Sala 3
Asientos: B-7 B-8
ESTE PLAN SE ESTÁ PONIENDO DEMASIADO RÍGIDO PARA MI GUSTO...

* Paseo de los ciruelos

A MOI LE OBSESIONA LA AUTENTICIDAD.
POR ESO LE ENTUSIASMA TANTO COMPARTIR TODO AQUELLO BUENO QUE CONOCE.
ADEMÁS, ES CULTO Y TIENE CURIOSIDAD POR APRENDER, POR LO QUE CONFÍA EN SU PROPIO CRITERIO.
ES MÁS: QUE LE ECHEN EN CARA ESE EXCESO DE CONFIANZA ES LO QUE LO LLEVA A SITUACIONES COMO ESTA.
AY, PUES PODRÍAMOS IR A UNA QUE HAY POR ESTA ZONA A LA QUE LE TENGO ECHADO EL OJO.
NO.
YA TENGO EL SITIO RESERVADO.
¡QUÉ EMPEÑO EN RESERVAR!
PERO EN EL FONDO TIENE BUENA INTENCIÓN.
AHORA VAMOS A UNA CAFETERÍA.
¿QUIÉN RESERVA SITIO EN UNA CAFETERÍA?
ES NECESARIO PARA CONSEGUIR UN PLAN SIN FISURAS.
PERO, A VER, MOI...

ES QUE LA CAFETERÍA A LA QUE YO QUIERO IR...
EHM...
ES UNA MUY MONA EN LA QUE TIENEN RINCONES Hm, PARA PA... PAREJITAS... Hm, ANDA, CONCÉDEME UN CAPRICHÍN...
NO TE PREOCUPES.
EN LA CAFETERÍA A LA QUE VAMOS TAMBIÉN TIENEN.
¡¿QUEEEE?!
¡MO-MO-MO-MOI...!
¿HAS INCLUIDO UN RINCÓN PARA PAREJITAS EN EL PLAN?
かあああ
FLUUUS
¿Y NI SIQUIERA TE DA CORTE? ¿EH? ESPERA, ¿ESTAMOS SALIENDO Y NO ME HE ENTERADO?
VENGA, DATE PRISA, QUE LLEGAMOS CUATRO MINUTOS TARDE.
ESTA ES LA MEJOR CITA DEL MUNDO...
VAMOS A UNA CAFETERÍA ELEGANTE, DONDE PODREMOS CHARLAR Y LO TENDRÉ SENTADO A MI LADO.
NO ME GUSTA EL CAFÉ, ASÍ QUE SUPONGO QUE ME PEDIRÉ UN CARAMEL MACCHIATO.
Y NOS TRAERÁN DOS PORCIONES DE TARTA, QUE COMPARTIREMOS. "ABRE LA BOQUITA... AH..."
¡AY, JOOO!

ガーン
CLOOONC
¡ES UNA CAFETERÍA CLASICORRA!
¡HUELE TODO A LOS GRANOS DE CAFÉ QUE SE ESTÁN TOSTANDO!
¡CON EL TÍPICO DUEÑO BIGOTUDO QUE TE SIRVE CON TODO EL CUIDADO!
¡EL SITIO AL QUE VENDRÍA ALGUIEN QUE DE VERDAD DISFRUTA DEL SABOR DEL CAFÉ!
¡ESTÁ TODO TAN EN SILENCIO QUE DA PALO PONERSE A CHARLAR!
OYE, MOI, ¿Y EL CAPRICHÍN QUE TE HABÍA DICHO QUE...?
AQUÍ TIENE, SEÑORITA.
コト
POC
SU CAPUCHINO.
¡YO DIJE "CAPRICHÍN", NO "CAPUCHINO"!

¡ENCIMA ESTAMOS EN LA BARRA!
Y MOI TAMPOCO ME DA CONVERSACIÓN.
HASTA TIENE LOS OJOS CERRADOS.
ÉL, AHÍ, DISFRUTANDO DEL SABOR DEL CAFÉ...
DE VEZ EN CUANDO LE SUSURRA ALGO AL DUEÑO. ¿QUÉ LE CONTARÁ? DEBE DE VENIR MUCHO POR AQUÍ...
Y ENTONCES LE DICE: "SÉ QUE LA SITUACIÓN ES **DEMOLEDORA**".
Y EL PRIMERO LE PREGUNTA: "¿POR ESO **VIENÉS ESPRESSAMENTE** A VERME?".
PUES LE HA HECHO GRACIA.
¿CÓMO?
CADA DÍA ME CUENTA CHISTES DE CAFÉ MÁS INGENIOSOS.
¿ERA UN CHISTE? PUES YO NO LE VEO LA GRACIA.

¡QUÉ AMARGO...!
¿TE SABE MUY FUERTE EL CAPUCHINO, NICO? ¿QUIERES QUE TE PIDA UN CAFÉ NORMAL?
LA ESPECIALIDAD DE HOY ES EL *MANDHELING.*
NO SÉ QUÉ ME ESTÁS OFRECIENDO, PERO MIENTRAS SEA CAFÉ, SEGUIMOS CON EL MISMO PROBLEMA.
SÍ QUE SE LE HA ARRUGADO LA CARA. HA PUESTO UNA **MOCA** CURIOSA.
¿ESO TAMBIÉN ERA UN CHISTE?
SE PARTE.
NO ENTIENDO NADA, PERO CON LO MONO QUE ESTÁ, ME CONFORMO.
BIEN, YA PODEMOS TACHAR LA CAFETERÍA DE LA LISTA. ¿QUÉ TOCA AHORA?
COGER UN BUS Y UN TREN PARA IR HASTA EL MUSEO DE ISHIMORI.
VAMOS A VER UNA EXPOSICIÓN SOBRE LA POBLACIÓN DEL PERÍODO PREHISTÓRICO JÔMON Y LUEGO A MIRAR LAS ESTRELLAS EN EL PLANETARIO QUE HAY AL LADO.
YA VEO QUE EL RITMO NO PARA...

AUNQUE LO DEL PLANETARIO ME APETECE MUCHO.
Un..
¿EH? MOI, ¿ESTÁS BIEN? TE NOTO UN POCO BAJO DE ENERGÍA.
AH, NO TE PREOCU-PES.
ES QUE COMO ME QUEDÉ PREPARANDO EL PROGRAMA HASTA TARDE, HE DORMIDO POCO...
TROCO
TROCO
TROCO
CLARO...
NOS HEMOS DORMI-DO...
¡¿DÓNDE ESTA-MOOOS?!
EN LA ÚLTIMA PARADA.
LO SIENTO, MOI. AL VERTE TAN RELAJADO ME HA ENTRADO EL SUEÑO A MÍ TAM-BIÉN...
¡ARGH! ¡QUÉ TARDE SE HA HECHO!
¡YA NO LLEGA-MOS AL PLANE-TARIO!

¡Tenemos que volver corriendo, Nico! ¡Hay que llegar a la reserva para cenar!
Moi...
Ya has hecho suficiente. Muchas gracias por todo.
Lo siento. Te has aburrido, ¿verdad?
¡No! Para nada.
Los demás tenían razón.
Me puede el exceso de confianza y siempre impongo lo que yo considero mejor.
Por más que me equivoque.
Jum... Jum...
Soy un inmaduro.
De verdad que me lo he pasado bien en el cine y en la cafetería.
Me ha encantado verte en tu salsa.
...

Me ha hecho mucha ilusión que te hayas desvivido por enseñarme todo lo que te gusta.
Ha sido mil veces mejor que si te hubieras puesto a buscar consejos para citas en una revista.
Tu confianza demuestra lo mucho que te has esforzado.
Seguro que te gusta esa parte de ti.
Y eso es algo muy positivo.
Bueno, dicho así...
GRUUUR!
Agh, tengo que cancelar la reserva del restaurante.
Perdona...
¡¿Y si cenamos algo de ese 24 horas?!

FamilyMart
¡QUÉ RICO!
¿DESDE CUÁNDO ESTÁ TAN RICA LA COMIDA DE LAS TIENDAS DE CONVENIENCIA?
COMO TE GUSTA TANTO COCINAR, NO LA PRUEBAS JAMÁS, ¿EH?
EL COCIDO ODEN CALENTITO TAMBIÉN SABE A GLORIA.
QUÉ BIEN SE ESTÁ, ¿VERDAD?
¿HM?
AUNQUE NO ENTRASE EN LOS PLANES, ESTO HA ESTADO MUY BIEN.
¿LO DE CENAR COMIDA DEL 24 HORAS EN UN PUEBLO PERDIDO?
Y ESO QUE NO PODRÍA ESTAR MÁS LEJOS DE LO QUE TENÍA PLANEADO.
YO NO HABLARÍA TAN DEPRISA.

WITCH WATCH

11

DUET DANCE

First published in Japan in 2021 by SHUEISHA Inc., Tokyo.
Spanish translation rights in Spain arranged by SHUEISHA Inc.
through VME PLB SAS, France.

PUBLICACIÓN DE MILKY WAY EDICIONES
EDIFICIO RIBADEDEVA 1 P02 D
33590 COLOMBRES
PRINCIPADO DE ASTURIAS
E-MAIL: INFO@MILKYWAYEDICIONES.COM

Traducción: Nuria Cimas Pita (DARUMA Serveis Lingüístics, SL)
Corrección: Raúl Izquierdo García

Director Editorial: Enrique Fuentevilla Noriega
Editor: Carlos E. Subero Ágreda

Depósito Legal: AS 01183-2024
ISBN: 978-84-10223-43-1
PRINTED IN E.U.

Impreso en España.

(11) *DUET DANCE* (FIN)